다시　시작하는　　경이로운　순간들

시작하는 순간들

다시

경이로운

정은귀 산문

글이 태어나는 시간

민음사

매일 시를 기다립니다

'읽는 시간'을 시작합니다. 읽는 시간은 어떤 시간일까요? 읽는 시간은 걷는 시간과 무엇이 다를까요? 읽는 시간은 먹는 시간과 어떻게 다를까요? 읽는 시간은 쓰는 시간과 어떻게 다를까요? 읽는 시간은, 읽는 시간은, 그냥 보는 시간과 어떻게 다를까요? 읽는 시간은 읽기 전의 우리에게 어떤 차이를 선물해 줄까요? 그 질문과 함께 읽는 시간을 나누고자 합니다.

저는 시를 참 좋아합니다. 매일 시를 읽고 매일 시를 생각합니다. 시를 가지고 매일 하루 두 시간씩 365일 계속 말하래도 기쁘게 할 수 있다고 농담처럼 말한 적이 있는데, 정말 그래요.

거뜬히, 그럴 수 있을 것 같아요. 그런데 막상 시가 왜 좋은지 생각해 보면 그 답은 잘 모르겠어요.

이 글을 쓰면서 모처럼 책을 한 권 열어봤어요. 1993년 6월 25일이라는 날짜가 새겨진, 지금은 노랗게 색이 바래어 만지면 풀썩 먼지가 날 것 같은 책, M. H. 에이브럼스의 『문학 용어 사전』. 거기 설명된 시, 시의 어법, 시적인 정의, 시적인 허용을 보니, 시인은 다른 산문 작가들보다는 자유로운 사람인 것 같아요. 제가 배운 시의 언어는 산문의 언어와 본질적인 차이는 없지만, 행과 연의 구분을 통하여, 그리고 조금 더 새로운 배치를 통하여 평소에 보지 못한 것을 보게 하는 어떤 시선을 줍니다.

제게 시는 좀 새침한 얼굴입니다. 알 듯 모를 듯, 간결하게 전하는 그 미묘한 시의 표정을 들여다보는 시간이 좋아요. 저는 시 앞에서 마냥 약자가 됩니다. 시를 곰곰 따져서 생각하는 그 시간의 충만한 느낌은, 어떤 다른 것과도 바꿀 수 없는 기쁨이라 저는 시를 사랑하고 시를 빤히 바라보고, 시와 함께 걷고, 시와 함께 웃습니다. 매일 시를 기다립니다. 오늘을 새롭게 열어 줄 시를. 매일 시를 따라가고 매일 시를 바꾸어 들여다봅니다.

지난 여러 해, 저를 달래고 저를 곧추세운 시의 얼굴들을 묶어 보니, 시와 함께 걸었던 지난 시간의 무늬들이 떠오

롭니다. 그래도, 아직도, 오히려, 비로소, 지난 시간의 마음결을 그대로 보여주는 각 부의 제목을 쓰다듬다 보니, 글 앞에서 부끄럽고 민망하기도 하고, 그래 그랬지, 그렇게 건너왔지, 괜히 마음이 놓이는 느낌도 있네요. 그러고 보니 시는 매일 넘어지는 제게, 툭툭 털고 일어나라고 새로 시작하는 어떤 힘을 주었네요.

어떤 당혹, 어떤 슬픔, 어떤 위태와 어떤 불안을 시를 읽으며 건넜네요. 제가 시를 오롯이 짝사랑하는 줄로만 알았는데, 알고 보니 순간순간, 시가 저를 사랑했네요. 시가 제게 걸음마를 가르쳤네요. 시가 제게 다시 시작하는 경이로운 순간을 선물했네요. 이 세상을 하루하루 건너는 일은 쉽지 않지만, 늘 어렵고 고되고, 답 없는 길 같아 늘 혼자 입을 앙다물지만, 그 길에 시가 있어서 저는 다시 또 새로운 눈을 뜨고 크게 깊은 호흡 하고 끄덕끄덕, 다시 웃네요. 여러분에게도 시가 그랬으면 좋겠습니다.

1부 | 그래도

'그래도'라는
신비로운
접속사

김승희의 '아름다운 섬'

누군가의 '그럼에도 불구하고'에 힘입어
여기까지 온 우리,
이젠 우리 스스로 '그래도'가 되어
더 힘없는 누군가의 손을 함께
맞잡을 차례입니다.

사람들은 비합리적, 비논리적이고 자기중심적이다.

그래도 그들을 사랑하라.

당신이 선을 행하면 사람들은 이기적인 의도가 숨어

　있다고 비난할 거다.

그래도 선을 행하라.

당신이 성공하면 거짓 친구와 진짜 적을 얻을 것이다.

그래도 성공하라.

당신이 오늘 행한 좋은 일은 내일이면 잊혀질 거다.

그래도 좋은 일을 하라.

정직과 솔직함 때문에 당신은 상처받을 수 있다.

그래도 솔직하고 정직하라.

가장 위대한 이상을 품은 가장 위대한 사람도 가장

편협한 마음을 가진 가장 시시한 소인배에 의해
쓰러질 수 있다.
그래도 크게 생각하라.
사람들은 약자를 아끼지만 강자만을 따른다.
그래도 소수의 약자를 위해 싸워라.
당신이 몇 년 동안 쌓아온 것이 하룻밤에 무너질 수도
있다.
그래도 무언가를 쌓으라.
사람들은 정말로 도움을 원하나 막상 도와주면 공격할
수 있다.
그래도 사람들을 도와라.
당신이 가진 최고를 주더라도 세상의 욕을 먹을 수
있다.
그래도 당신이 가진 최고를 세상에 주라.

— 켄트 M. 키스, 「역설적 계명」에서

새벽에 자다 깨어 잠을 이루지 못한 날이 있습니다. 또
래에게 맞아 온 몸이 피투성이가 된 여중생의 사진을 인터
넷 뉴스를 통해 본 날이었습니다. 무엇이 이 아이들을 이런
잔혹으로 내몰았나? 끔찍한 폭력을 일삼으면서도 반성하지

않는 우리 시대의 수많은 '연진이'들을 길러낸 것은 무엇인가? 들여다보는 것만으로도 끔찍해 고개를 돌렸는데, 또 다른 사진을 봤습니다. 장애아들을 위한 학교를 세워야 하는데, 지역 주민들의 반대에 부딪혀 무릎을 꿇고 빌고 있는 엄마들이었습니다. 휠체어가 지하철에서, 버스에서, 기차에서 가로막힌 사람들이었습니다.

　장애가 여전히 비정상이고 혐오로 받아들여지는 이 사회의 메마른 현실이 한눈에 들어오는 아픈 사진들. 약자를 배려하지 못하고 힘의 논리만 무성한 사회, 평화가 없는 이 땅의 크고 작은 비극과 비참과 참혹에 그만 잠이 달아나 꼬박 밤을 새게 되었던 것이지요.

　한 걸음 나아갔다 싶지만, 둘러보면 여전히 이 땅은 시름 속에 있습니다. 일상에 폭력이 난무하지만 근본적인 대책을 어디에서 세워야 하나, 아이들은 폭력과 경쟁의 쳇바퀴 속에서 우리가 모르는 괴물이 되어가고 우리의 뜻과는 상관없이 전쟁이 날지도 모르는 나라의 운명은 강대국의 눈치와 어깃장 앞에서 바람 앞 등불 같습니다. 작은 나라 우리는 참 오래 고통받아왔는데 아직도 만들어야 하는 평화가 참 멀리만 있는 것 같습니다. 모두들 힘이 빠져 더 그악해지는 일만 남은 것 같습니다.

하지만 오늘은 '그래도'라는 신비를 이야기하려고 합니다. '그래도' 혹은 '그럼에도 불구하고'는 참 신기한 접속사입니다. 이 접속사는 문장과 문장을 이어줍니다. 앞 문장을 인정하지만 다음 단계의 다른 생각의 전환을 꾀하는 접속사. 위의 시에서 딱 열 번 등장하는 '그래도'라는 신비. 이 시는 그동안 몇몇 분들에 의해 "그럼에도 불구하고"라는 제목으로 번역되어 일반 대중에게 꽤 알려진 시인데요, 원래 제목이 "The Paradoxical Commandments", 즉 "역설적인 계명"이라 이번에는 원래 시에 최대한 가깝게 번역하면서 제목도 다시 되살렸습니다.

이 시를 쓴 켄트 M. 키스(Kent M. Keith, 1949~)는 시인이 아니고 리더십을 전파하는 전문 강사이자 법률가, 큰 단체의 CEO까지 한 분입니다. 키스는 어릴 때부터 학생운동이나 리더십에 관심이 많았다고 합니다. 하버드대학교를 다닐 때 학생운동 리더를 위한 책 『조용한 혁명(Silent Revolution)』을 출판했는데, 거기서 지도자가 지녀야 할 열 가지 덕목을 제시한 게 바로 위의 시라고 합니다. 열아홉 살 때 이런 생각을 했다니 놀랍습니다.

'commandment'는 명령이라는 뜻도 있지만 종교적인 함의를 담은 '계명'이라는 의미도 있어서 저는 "역설적인 계명"으로 옮겼습니다. 이 시는 마더 테레사 수녀가 「그래도 (Anyway)」라는 시로 살짝 바꾸어 자신이 돌보는 아이들 방에 걸어놓았는데 나중에 그분의 전기를 통해 알려지면서 전 세계로 퍼져나갔다고 합니다. 저는 직접 가보지 못했지만 인도 켈커타의 마더 테레사 본부에 가시는 분들은 이 시가 정말 걸려 있는지 한번 확인해 보시는 것도 좋겠지요.

이 시는 수많은 오해와 좌절 속에서도 끝없이 전진해야 한다는 좋은 뜻을 담고 있습니다. 시를 읽으면서 살짝 불편한 부분도 있긴 합니다. 시에 등장하는 '사람들'과 '당신'의 대비가 세계와 개인의 대립을 전제로 하기 때문입니다. 다른 이들은 다 이상하고 비합리적이고 자기중심적인데 혼자만 잘났다는 말인가, 하는 생각을 하게 되지요.

하지만 처음 이 시를 쓴 계기가 젊은이들의 리더십을 기르기 위한 목적이었다는 점을 생각해 보면, 그 대비가 영 이해 불가한 것은 아닙니다. 앞에 나서서 걷는다는 것은 늘 외롭고 고단한 일이니까요. 때로는 남들과 다른 판단을 해야 하고, 그 판단은 타인의 이해나 내 이익이 아닌 고립과 고독 속에서의 결단인 경우가 많으니까요.

꼭 리더가 아니더라도 이 시를 읽는 분들은 이 비슷한 감정을 경험해 보셨을 거라 생각합니다. 좋은 의도에서 행한 일이 좋은 결과로 돌아오는 것이 아니라 오해와 불신을 낳은 일, 나의 크고 작은 성공에 대한 질시, 한순간의 작은 실수로 물거품이 된 일들, 정직하게 다가갔다가 상처로 돌아온 마음 등, 이 세상의 많은 일들이 선하고 좋은 의도와는 무관한 방식으로 우리 각자를 얽어매고 상하게 합니다.

어떤 일에 최선을 다해서 마무리한 다음에 그에 값하는 찬사와 축하를 받기는커녕, 그를 이용하려는 거짓 친구의 아첨과 그를 깎아내리려는 새로운 진짜 적을 만나기도 쉽지요. 있는 힘껏 도와주었더니 뒤통수를 치더라, 우리가 일상에서 빈번하게 마주하는 걸림돌입니다. 그렇다면 우리는 그러한 오해와 질시와 배반에 무너져 마음을 다치고 좌절하고 또 삐딱한 눈을 가져야만 할까요? 아니요, 그렇지 않습니다.

이 시에서 뼈아픈 현실을 상기하면서 매번 바로 다음 줄에 반복되는 '그래도'는 그럼에도 불구하고 계속 우리는 우리의 선을, 우리의 덕을, 우리의 바람을, 우리의 최선을 다해야 한다는 불변의 원칙을 상기시켜 줍니다. 이는 누군가 한쪽 뺨을 때리면 다른 쪽 뺨을 내밀고, 원수를 사랑하라는 중요한 계명, 예수님이 우리에게 전한 가장 강력한 사랑의 방식과 연결될 텐데요, 우리가 알지만 번번이 이기와 논리의 벽에 부딪혀 제대로 실천하지 못하는 그 계명이 이 시를 통해 변주됩니다.

　정성을 다해 사랑하거나 사람을 도와주었더니 어이없이 배신당한 경험도 누구에게나 한 번쯤 있을 것입니다. 오랫동안 준비한 일이 한 번의 실수로 무너지기도 합니다. 그래도 계속 쌓아가고, 그래도 계속 도와주고, 그래도 계속 선을 행하라는 그 정언명령, 내가 가진 최선, 최고의 것을 세상에 내주라는 말. 타인의 작은 실수, 타인의 배반에 크게 흔들리고 다쳐서 자신이 나빠지는 쪽을 택하는 보통의 우리에게 이 '그래도'의 가르침은 도달하기는 어렵지만 한결같이 크고 높은 북극성과도 같은 지향점입니다.

　이 시가 지도자로서의 덕목을 기르려는 의도에서 탄생했다면, 우리나라의 김승희 시인은 다른 방식으로 '그래도'의 신비와 희망을 말해 줍니다. 김승희 시인은 이 세상의 비참과 절망을 뚫고 나가는 다수의 사람들의 발길과 목소리를 '그래도'라는 신비의 섬을 그려 길어냅니다.

　　가장 낮은 곳에
　　젖은 낙엽보다 더 낮은 곳에
　　그래도라는 섬이 있다
　　그래도 살아가는 사람들

그래도 사랑의 불을 꺼뜨리지 않는 사람들
세상에서 가장 아름다운 섬, 그래도.
　　　　　— 김승희, 「그래도라는 섬이 있다」에서

　시인 김승희는 「그래도라는 섬이 있다」라는 시에서 어떤 상황에도 절망하지 않고 희망의 불씨를 꺼뜨리지 않는 사람들을 노래합니다. 어떤 일이 있더라도 목숨을 끊지 말아야 한다는 시인의 간곡한 전언에는 이 세상을 다녀간 시인 김종삼과 박재삼, 그리고 부도가 나서 길거리로 쫓겨난 사람, 골방에서 목을 맨 인기 여배우, 중환자실의 가족을 돌보는 이들이 등장하는데요, 외롭기로는 키스의 시와 마찬가지지만 이 '그래도' 시에는 많은 사람들이 함께 삽니다. 가장 낮고 누추하고 비참한 이들이 부둥켜안고 보듬으며 견디는 '그래도'라는 섬.

　"그래도라는 섬에서/ 그래도 부둥켜안고/ 그래도 손만 놓지 않는다면/ 언젠가 강을 다 건너 빛의 뗏목에 올라서리라,/ 어디엔가 걱정 근심 다 내려놓은 평화로운/ 그래도, 거기에서 만날 수 있으리라"라는 다짐은 '그래도'의 신비가 한 고독한 인간의 결단에서 나오는 것이기도 하지만, 한 사람이 아니라 나와 너, 우리가 만나서 같이 맞잡는 손에서 나온다는 점을 알려줍니다.

그 신비가 고통과 절망의 강을 건너는 빛의 뗏목을 만들어 마침내 평화의 땅에 이르는 기적을 만들어낼 것이라는 시인의 전언. 늘 불평거리를 찾고 실패의 원인을 타인에게 전가하고 나만 오롯이 행복하고 잘난 사람으로 대접받기를 원하는 우리의 이기심에 '그래도'는 이 땅의 누추와 비참을 벗어던지고 새 길을 찾게 하는 사랑의 신비를 일깨워줍니다.

현실은 고단하고 힘겹습니다. 한 걸음 겨우 나아갔는데 뒤에서 누가 두 걸음을 당깁니다. 어두운 밤길 돌부리에 걸려, 혹은 누군가 무릎을 뒤에서 꺾어 그만 넘어집니다. 억울하고 힘들다 싶어도 우리는 지금껏 누군가의 '그래도'에 기대어 왔습니다. 누군가의 '그럼에도 불구하고'에 힘입어 여기까지 온 우리, 이젠 우리 스스로 '그래도'가 되어 더 힘없는 누군가의 손을 함께 맞잡을 차례입니다.

유유히
앞으로
나아가는
구름

이생진의 구름

뒤로 물러나는 비겁이 아니라
유유히 앞으로 나아가는 구름의 담대함,
그 길에서 만나는 것들에
상처와 홈집을 내지 않고 스며드는 여유

사람은
아무리 높은 사람이라도
땅에서 살다
땅에서 가고

구름은
아무리 낮은 구름이라도
하늘에서 살다
하늘에서 간다

그래서 내가
구름을 좋아하는 것은 아니다

구름은 작은 몸으로
나뭇가지 사이를 지나갈 때에도
큰 몸이 되어
산을 덮었을 때에도
산을 해치지 않고
그대로 간다

　　　　　　　　— 이생진, 「흰 구름의 마음」에서

유난히 무더운 어느 여름이었지요. 홀가분한 방학을 기대했던 제게는 예상치 못한 번잡한 일이 많았던 여름이었어요. 그래 그런지 가을로 접어드는 새 계절이 마냥 신기하고 좋습니다. 부는 바람도 쨍한 가을 햇살도 높아진 하늘도 벙싯 피어난 구름도 모두 처음인 양, 담뿍 온 마음으로 담습니다. 지친 하루를 마치고 귀가한 팔월 어느 늦은 오후에 옥상 한 구석 의자에 앉았습니다.

청양고추 1대씩 꼿꼿하게 서 있는 네 개의 화분, 초여름부터 풋풋하게 먹던 상추는 이제 이파리를 떨구고 앙상한 대만 남았고요. 붉은 고무 욕조엔 파가 자라고 있습니다. 뒷산에선 매미가 울고 바람 잔 오후, 밖에서 지친 마음을 조촐한 저만의 공간에 앉아 뜨거운 햇살 그대로 받으며 하늘을 보니 구름이 뭉실뭉실 다른 날보다 한결 높이 떠 있었어요. 아, 가을이구나, 그렇게 새 계절을 느끼며 지친 여름과 작별하며 해가 기울도록 그 의자에 앉아 있던 해질녘이 생각납니다.

이 시는 그 저녁에 제게로 온 시입니다. 이 시를 쓴 이생진 시인(1929~)은 '바다의 시인'으로 유명한 분입니다. 1996년에는 시집 『먼 섬에 가고 싶다』로 '윤동주문학상'을 수상한 바 있고, 1987년 출판된 시집 『그리운 바다 성산포』는 지금까지 오래도록 많은 사랑을 받고 있지요.

대표시 「그리운 바다 성산포」는 살아서 고독했던 사람, 살아서 가난했던 사람의 빈자리를 호출하는 시의 첫 머리도 애잔하지만, "저 섬에서 한 달만 살자/ 저 섬에서 한 달만 뜬 눈으로 살자/ 저 섬에서 한 달만/ 그리움이 없어질 때까지"라는 간절한 염원 뒤에 "365일 두고두고 보아도 성산포 하나 다 보지 못하는 눈/ 60평생 두고두고 사랑해도 다 사랑하지 못하고/ 또 기다리는 사람"이라는 시의 말미에 이르고 보면, 이토록 절절한 사랑시가 어디 있을까 싶습니다.

버젓이 두 눈을 뜨고 사는 우리이건만 실은 눈을 감은 장님이 될 때가 많습니다. 우리 주변의 사물들, 사람들, 우리가 매일 드나드는 장소, 어느 것 하나 애정 어린 눈으로 제대로 살피지 못하고 사는 게 현실이니까요. 평생을 두고두고 사랑해도 다 사랑하지 못하고, 하루 내도록, 온 종일, 1년 내내 보아도 하나의 대상을 제대로 온전히 응시하지 못합니다.

이 시를 알게 된 후로 저는 성산포에 가지 않더라도 바다 앞에만 서면, 바다 앞의 작은 섬이라도 하나 마주하는 날에는 그만 모래사장에 철퍼덕 앉아서 "저 섬에서 한 달만 뜬눈으로 살자"며 알 수 없는 그리움에 휩싸이곤 합니다.

바다에 묻힌 가난한 사람들에게 바치는 시집 『그리운 바다 성산포』를 펴낸 같은 해인 1987년에 시인은 『섬에 오는 이유』라는 시집도 같이 냈습니다. 그 시집은 우리가 차마 다 알지 못하는 우리나라의 많은 섬들을 주인공으로 하여 외로운 섬이 주는 느낌을 고독한 순례의 삶과 연결하여 노래합니다. 우리나라에 섬이 3400여 개가 있다는 것도 저는 이 시집을 통해 알았지요. 언젠가 시간이 되면, 이 시집을 손에 들고 시인이 직접 다녔던 길을 따라 이 섬 저 섬에 차례로 들어가 시를 함께 읽고 싶습니다.

어렵지 않은 쉬운 우리말로 평범한 삶의 느낌들을 길어 올리는 시인은, 시 쓰는 업을 부끄러움에 빗대어 이야기합니다. 아픔과 설움과 고독으로 점철된 삶에서 소박하게 시를 쓰는 분이 부끄러움이라니, 부끄러움은 낯 두꺼운 위선자

앙리에드몽 크로스, 「분홍색 구름」(1896년경)

들은 도무지 알지 못하는 감정입니다. 정직하고 마음결 고운 사람들만 아는 느낌입니다.

세상에 수많은 비극과 희극이 있지만 우리가 막을 수 있었던 어떤 안타까운 사고나 참담한 현실을 대하면 우리는 누군가를 원망하고 비난하기보다 늘 부끄러움을 먼저 느끼지요. 왜 부끄러움은 사고를 친 사람들이 아니고 우리네 양심 있는 보통 사람들의 몫이냐고 한탄하면서요.

그 때문에 부끄러움은 가장 내밀한 우리 양심의 속살입니다. 부끄러움이 없다면 가뜩이나 혼탁하고 야멸찬 이 세계가 얼마나 더 끔찍할까요, 부끄러움 때문에 우리는 어떤 잘못 앞에서 수긍하고 멈칫 뒤로 물러설 수 있고, 부끄러움 때문에 우리는 다른 이들의 아픔을 살피고 우리 스스로를 돌아봅니다. 부끄러움으로 시를 쓰는 이생진 시인의 시 「흰 구름의 마음」은 제가 몸담고 있는 터에 많이 실망하고 착잡한 일에 지쳐 있을 때 딱 제게 왔습니다.

열심히 헌신하고 희생한 일에 대해서 뜻하지 않은 비난이나 오해를 받기도 하는 게 우리네 일이지만, 그해 여름의 인생 공부는 다른 때보다 조금 더 가혹했습니다. 하지만 예상치 않게 힘든 일이 생기면 좋은 점도 또 있어서, 저는 기도에 더 가까이 갔고, 평소에는 알지 못했던 걸 더 깊이 알게 되고, 그동안 무심히 스치면서 보지 못했던 것을 보는 세심하고 차분한 눈도 생겼지요.

그날, 여름 열기가 채 가시지 않은 팔월 늦여름 오후에 옥상에서 바라본 하늘의 구름은 이생진 시인의 시와 함께 딱 제게 필요한 맞춤의 지혜를 선사해서 저는 지금 그 지혜를 이 글을 읽는 분들과 나누고 있으니 이 또한 감사한 일이지요. 아무것도 아닌 일을 두고 이 땅 위의 사람들은 매일 이 전투구(泥田鬪狗)에 몰두합니다. 우리가 기껏 살아야 백년인데 천년만년 살 것처럼 권력을 행사하고, 또 이 일이 아니면 죽어도 안 된다는 듯 기를 쓰고 덤비다가 서로 여며지지 않을 지독한 상처를 주고받습니다.

시인은 말합니다. 아무리 높은 사람도 땅에서 살다가 땅에서 간다고. 이 낮은 땅, 아무리 뛰어도 1미터를 넘을 수 없는 이 땅에서 부대끼는 우리입니다. 한편 구름은 아무리 낮은 구름이라도 하늘에서 삽니다. 구름은 손에 잡히지 않습니다. 유유히 지나가는 구름을 우리는 그저 바라볼 뿐입니다. 시인의 시선이 놀랍게 포착한 것은 바로 그 구름의 운동법입니다.

구름은 나뭇가지 사이를 지날 때도 산을 덮을 때도 산을 해치지 않고 간다는 말. 저는 이 말에서 제가 한창 몰두하며 고민하던 일의 실마리를 얻었습니다. 억울한 오해를 받으면 샅샅이 그 오해를 바로잡고 싶고 더구나 특정한 의도와 이기에서 출발하여 억측과 오해를 일삼는 사람들이 있으면 절대로 용서하지 말고 벌주고 싶은 마음이 생기기도 합니다.

하지만 구름이 하늘에서 자유로이 유영하는 법을 생각하면, 해치지 않고 그대로 가는 그 구름의 방식은 우리가 일상에서 만나는 난관을 헤치고 나가는 어떤 실마리, 지혜를 줍니다. 물론 쉽지만은 않겠지만요. 따지고 보면 구름도 종류가 많아서 어떤 구름은 무섭게 화를 내어 인간을 벌주기도 합니다. 뭉게구름, 새털구름, 조개구름, 비늘구름, 양떼구름, 비구름, 소나기구름, 구름의 이름도 많은 그 구름의 세계를 다 헤아릴 수는 없습니다.

우리가 그 너비와 깊이를 다 알지 못하는 하늘 곳곳을 구름은 다양한 모양으로 높게 또 낮게 유영합니다. 때로 구름이 화가 나면 단단히 뭉쳐서 큰 비를 내리기도 하고 천둥 번개로 우리 인간을 놀라게도 하지만 또 언제 그랬냐는 듯 금세 흔적 없이 사라지기도 하는 구름. 또 어느 날은 장난처럼 묘기를 부려 동글동글 예쁜 무늬를 선사하기도 하는 구름.

풀기 어려운 현실의 문제 앞에서 구름의 행보를 생각하니 분명해지는 것이 있었습니다. 해치지 않고 가는 것과, 물러서지 않고 그대로 제 갈 길을 가는 것. 뒤로 물러나는 비겁이 아니라 유유히 앞으로 나아가는 구름의 담대함, 그 길에서 만나는 것들에 상처와 흠집을 내지 않고 스며드는 여유, 이 두 가지를 생각하니 제 앞에 놓인 머리 아픈 일들이 좀 간명하게 정리가 되는 것 같았습니다. 어차피 피할 수 없는 일은 직면해야 하고, 어떻게 그걸 마주하는가를 구름에게서 답을 얻은 것이지요.

파란 하늘의 계절 가을에는 그 위에 두둥실 떠 있는 구름을 보며 하늘을 벗하고 사는 구름을 부러워 해보기도 하지만, 이 낮은 땅에 두 발 꾹 딛고 선 우리는 이 지상의 삶이 선사하는 하루하루에 충실하는 수밖에요. 올 가을은, 저 스스로의 걸음에 의연하고 충실할 것을 다짐해 봅니다. 그 행보가 타인에게 해가 되지 않기를, 그렇다고 뒤로 물러나거나 비켜가는 비겁이 아니라 당당하게 제 갈 길 가는 걸음으로 그렇게 가뿐하게 차곡차곡 걸어볼까 합니다.

바다의 시인, 섬의 시인이 들려준 흰 구름 이야기가 고단한 이 땅의 삶에 작은 등대가 되어 방향을 일러줍니다. 올 가을, 이런저런 일에 부대끼고 삶의 방향타를 잃은 듯 고적하게 방황하는 분들은 구름의 자유롭고 담대한 유영을 마음에 새겨 굳건히 걸어가시길 빌어봅니다.

생의
규칙적인
좌절에도
불구하고

김경미의 '식사법'

해야 할 일과 하지 말아야 할 일,
마음을 써야 할 일과 쓰지 말아야 할 일,
이런 것들을 고루 분별하는 것도
야채의 유순한 눈빛처럼
가지런한 마음 안에서 가능해집니다.

콩나물처럼 끝까지 익힌 마음일 것
쌀알빛 고요 한 톨도 흘리지 말 것
인내 속 아무 설탕의 경지 없어도 묵묵히 다 먹을 것
고통, 식빵처럼 가장자리 떼어버리지 말 것
성실의 딱 한 가지 반찬만일 것

새삼 괜한 짓을 하는 건 아닌지
제명에나 못 죽는 건 아닌지
두려움과 후회의 돌들이 우두둑 깨물리곤 해도
그깟 것마저 다 낭비해 버리고픈 멸치똥 같은
　날들이어도
야채처럼 유순한 눈빛을 보다 많이 섭취할 것

생의 규칙적인 좌절에도 불구하고

생의 규칙적인 좌절에도 생선처럼 미끈하게 빠져나와
한 벌의 수저처럼 몸과 마음을 가지런히 할 것

한 모금 식후 물처럼 또 한 번의 삶, 을
잘 넘길 것

— 김경미, 「식사법」에서

저마다 분주한 마음으로 서성거릴 긴 추석 명절을 앞두고 이 글을 씁니다. 새로운 한 해가 시작한 게 어제 같은데, 믿기지 않는 시간의 흐름 속에서 어제가 오늘 같고 오늘이 내일 같은 우리네 생활은 시간의 매듭이 삶의 지혜로 저절로 잘 갈무리되지 않지만, 하루, 한 달, 일 년이 있어서 가쁜 호흡을 고르면서 숨을 돌리나봅니다. 습관처럼 먹고 자고 걷는 일상에서 마음의 결 또한 무료함에 익숙해져서 습관처럼 안달하고 습관처럼 내달리지만, 바쁘게 몰아치는 일상에서 특별한 날이 고마운 까닭이기도 합니다.

나누고 싶은 시들을 만지작하다 이 시를 고른 이유는 순전히 우연입니다. 박사 논문을 쓰고 있는 대학원생이 논문을 건네주러 연구실에 들른 아침에 이 시 이야기를 하네요. "몇 년 전에 선생님이 주신 시 있잖아요. 냉장고 앞에 붙여두었더니 시어머님이 놀러오셨다가 읽으시고는 너무 좋다고 하셔서 드렸어요." 시를 자주 선물하는 저는 기억이 가물가물. "시를 읽는 마음의 눈을 뜨고 계신 어머님, 참 고마운 일이네." 이렇게 대답하고는 이 특별한 시를 다시 찾아 읽었습니다.

'식사법'이라니. 참 생경한 말입니다. 태어나서 엄마 젖과 이유식을 하면서 갓난쟁이로 사는 짧은 몇 해를 제외하고 우리는 스스로 밥을 먹습니다. 아기들도 자기 혼자 숟가락을 들기 시작하면 사방에 밥풀을 묻혀가며 자기 손으로 먹으려고 하지요. 그 식사법은 걷는 법과 마찬가지로 저절로 익히게 되는 생존의 가장 기본적인 방식이라서 사실 '법(法)'과 잘 어울리지 않는 말입니다.

'법'은 대개 '방법'이나 '방식'을 말하고, 혹은 '해야 할 도리나 정해진 이치'를 말하는데, 하루 세 끼 당연하듯 하는 식사에 '법'을 붙이니 어째 어색한 것도 같습니다. 그래서 식사 예절이라는 말로 식탁에서의 바람직한 자세나 에티켓을 가르치기도 하지요. 비교를 해보니, '식사법'은 식사 예절보다 더 근본적인 차원으로 밥을 먹는 방법, 혹은 밥을 먹을 때 임하는 기본 도리 같은 걸 말하는 것 같습니다.

밥을 어떻게 먹지? 수저를 들 힘만 있으면 먹을 수 있는 밥. 제일 흔한 밥. 흔해서 귀한 줄 모르는 밥. 맛있게 먹는 게 최고인 밥. 각자 식사를 대하는 느낌이 다른 만큼 '식사법' 또한 다른 느낌으로 다가올 것 같습니다. 오늘 아침 저의 식사법은 어떠했을까요? 저는 매일 7시에 아침을 먹는데, 어제 수업과 행사로 유난히 바쁘고 피곤했기에 오늘 아침 살짝 늦잠을 잤습니다.

눈을 뜨니 7시, 부지런히 상을 차려 7시 20분에 식탁에 앉았네요. 반찬 없고 시간 없을 때 간편한 아침 준비가 있는데, 바로 김말이입니다. 상큼 매콤한 맛이 나는 무순을 늘 준비해 놓고 김을 대충 잘라서 무순과 김치, 계란말이와 함께 싸먹는 건데, 오늘 아침엔 다행히 잘 익은 부추김치와 파김치까지 있었지요.

마음이 바쁜 저는 식구를 위한 김말이는 접시에 예쁘게 담아두고 제 몫의 김말이는 두어 개 급히 만들어 선 채로 먹었습니다. 입으로 들어가는지 코로 들어가는지 맛도 못 느끼고 허기만 면하고 학교에 일찍 왔지요. 문득 생각하니 오늘 아침 '식사법'은 제 자신에게는 미안하고 부끄러운 어떤 자세였네요. 앉아서 천천히 꼭꼭 씹으며 침착하게 김말이의 맛을 느끼지 못하고 선 채 허겁지겁 먹었으니, 스스로를 소중히 대하지 못하고 홀대했구나 싶어, 슬그머니 반성하는 마음이 듭니다.

　이 시에서 시인의 식사법을 대하니, 우리 각자의 하루 세 끼 식사법에 대해 다시 마음을 다잡게 됩니다. 시인이 이 식사법을 통해 들려주는 식단은 우리네 일상과 크게 멀지 않습니다. 멸치똥, 생선, 콩나물, 쌀알, 야채…… 상차림에서 늘 필요한 정겹고 익숙하고 보잘것없는 재료입니다. 누가 대신 차려주는 화려하고 요란한 구첩반상이나 없는 것이 없는 뷔페 식단이 아니라 지극히 소박한 먹거리들이 호출됩니다.

　시인은 밥을 먹는 방법을 말한다 하고선 몇 번 씹어 넘겨야 하는지 무얼 먹어야 하는지 말하지 않습니다. 그 대신 먹거리와 마음을 연결하여 이야기합니다. 콩나물처럼 끝까지 익힌 마음일 것. 적절한 시간을 기다리지 못해 덜 익힌 콩나물, 설익은 콩나물에서는 비린내가 나지요. 끝까지 익힌 마음은 끝까지 잘 참고 견디는 마음입니다. 끝까지 기다린 마음입니다.

　"쌀알빛 고요 한 톨도 흘리지 말 것"이라는 다짐에는 쌀에 깃든 햇살과 바람과 비와 땀방울을 아는 겸허한 시선이 숨어 있습니다. 쌀을 뽀드득 잘 씻어본 사람들은 압니다. 우윳빛 쌀뜨물이 얼마나 예쁜지. 그조차도 버리기 아까울 정도로 쌀은 귀한 생명을 품고 있습니다. 어둠 채 가시지 않은 새벽 아침에 일어나 졸린 눈 비비며 식구를 위해 쌀을 씻어본 이는 쌀알빛에 깃든 평화와 고요를 알 것입니다. 모를 심어 벼로 누렇게 익어 추수와 도정을 거쳐 쌀이 되어 어느 집 주방에서 주부의 손에 닿을 때까지 그 먼 정성과 기다림과 보살핌의 날들을 알 것입니다.

그러므로 쌀알빛의 고요를 아끼는 그 다짐은 쌀에 깃든 긴 시간의 정성과 기적과 경이를 있는 그대로 품는 마음입니다. 그 마음을 받아 밥을 먹는 시간은 그대로 감사이고 사랑을 먹는 시간이 되겠지요. 하지만 우리는 쌀밥 앞에 둔 밥상에서 고요 대신 번잡함을, 감사 대신 원망과 상처와 짜증을 터뜨리곤 합니다. 밥을 하는 사람이나 밥을 먹는 사람이나 모두 쌀알빛에 숨은 경이와 경건과 기적과 감사와 인내를 충분히 알지 못하고, 대신 덜 익은 분노와 성급한 판단으로 우수수 쌀알빛의 고요를 들썩들썩 흔들고 성마름과 눈흘김을 자주 흘립니다. 저 또한 그랬으니까요.

"고통, 식빵처럼 가장자리 떼어버리지 말 것"이라고 시인은 말합니다. 우리가 살면서 겪는 고통은 늘 피하고 도망가고 싶은 어떤 것입니다. 시인은 고통의 가장자리를 가뿐하게 떼어내지 말고 고통에 정면으로 응시하고 맞서보라고 당부합니다. 그러고 보니 크고 작은 고통 앞에서 비겁하게 도망치려고 했던 무수한 날들이 또 생각납니다. 내가 떠안아야 하는 고통을 다른 이에게 전가하기도 하고 타인의 고통을 방패 삼아 내 고통을 덜어내기도 하고요. 고통 앞에서 고통을 외면하지 않고 정직하게 응시하는 이는 많지 않습니다.

성실과 인내와 묵묵. 이 마음가짐 앞에 서니 부끄러움이 크게 남습니다. 성실의 반찬 하나만 있으면 나날이 풍족할 것을. 성실 대신 허영의 반찬, 욕심의 반찬을 바라며 내 식탁에 만족 못하고 타인의 식탁을 보며 잠 못 이룬 나날들이 얼마나 많았던가요.

너무 많은 반찬을 바라다보니 최선을 다한 일에도 불안해하고 두려움과 후회 속에서 자책하기도 합니다. 내가 쏟은 정성이 무위로 돌아갈 것 같고, 내 시간과 노력이 아무 소용도 보람도 없는 허무로 돌아올 것 같아 지레 겁을 먹습니다.

너무 많이 먹어 소화를 다 못 해 꺼억 신트림을 하는 것이 비단 음식만은 아니겠지요. 지위와 직책도 합당치 않으면 무리가 됩니다. 해야 할 일과 하지 말아야 할 일, 마음을 써야 할 일과 쓰지 말아야 할 일, 이런 것들을 고루 분별하는 것도 야채의 유순한 눈빛처럼 가지러한 마음 안에서 가능해집니다.

나날이 겪는 "규칙적인 좌절"은 나를 쓰러뜨리는 것이

아니라 나를 좀 더 단단하고 넓게 만드는 반찬들입니다. 몸과 마음을 성장시키는 반찬들. 그러고 보면 "새삼 괜한 짓"도 없습니다. 얼굴 찡그리게 만드는 쓴 일은 쓴 맛으로, 얼굴 화끈 달아오르게 하는 매운 실수는 매운 맛대로, 눈을 감게 만드는 신물 나는 일은 신 맛으로, 다 제각각의 역할을 하면서 다시 몸으로 마음으로 새로운 자양분이 되어 돌아옵니다.

그러니 한 끼 식사를 제대로 하는 것처럼, 한 시간의 난처함과 부끄러움을, 하루의 곤경을, 한 달의 권태를, 일 년의 후퇴와 망설임을 꼭꼭 잘 씹어 넘겨야 하겠습니다. 생은 번번이 약속을 어기는 얄밉고도 뻔뻔한 연인 같아서, 한 번 지나간 고통을 다시 또 만나야 하기도 하고 잊은 줄 알았던 상처가 다시 헤집어지기도 합니다. 그래도 한 모금 식후의 물처럼, 또 한 번의 삶, 또 하루치 삶을 잘 넘기다 보면, 상처가 아물어 아무렇지 않은 날도 다시 또 오겠지요. 성실과 묵묵을 반찬 삼아 나아가다 보면요.

시인이 들려주는 식사법은 밥을 먹는 방법이 아니라 생의 하루하루를 건너는 법입니다. 식사법이나 걷는 법이나 너무 당연해서 법이 없는 것 같지만, 바로 그 이유로 바른 방법을 몸에 익혀야 합니다. 삶을 단단하게 하는 기본 자세니까요. 많은 날들을 이 기본을 잊고 살아서 우리는 잘 씹지 않고 넘겨버리고 잘 익히지 않은 걸 삼킵니다. 쉽게 잊고 쉽게 원망하고 쉽게 좌절하고 또 쉽게 두려워합니다. 시인은 삼시 세끼 가장 익숙하고 정겹고 반복되고 그래서 귀찮기도 한 밥을 먹는 행위를 통해서 결국 삶의 방식을 말해 주고 있는 것이지요.

밥을 먹는 일이 삶을 사는 일. 어찌 살아야 할지 모르겠다며 '삶'이라는 거대한 이름 앞에서, 어떤 절망 앞에서 힘든 분들은 밥 먹는 일을 생각하면 될 것 같아요. 다 아는 듯했던 식사법을 새로 꼭꼭 여며 익히며 우리는 또 새로운 날을 만들어 갑니다. 꼭꼭 씹어 먹어라. 남기지 말고. 어린 날 들었던 어머니, 아버지, 할머니, 할아버지 말씀이 귀에 들리는 듯합니다. 하루하루를 남김없이 잘 쓰리라, 한 끼 밥을 먹는 것처럼. 어른이 된 아이가 새로운 다짐을 합니다.

거짓말이
가릴 수 없는
진실

엡투셴코의 '거짓말'

모든 것이 마련된 풍요 속에서가 아니라
저마다 합당한 삶의 무게를
나누어 짊어지는 책임 속에서
시선은 성숙하고 힘은 영글어 갑니다.

젊은이들에게 거짓을 말하는 건 잘못이라네.
거짓을 진실인 양 말하는 것도 잘못.
천국에 하느님이 계시고
이 세상, 다 잘 굴러간다고
말하는 것도
잘못.
아이들은 당신이 무슨 말을 하는지 알아.
아이들도 인간이거든.
아이들에게 말해 주라.
셀 수 없는 어려움이 있다고.
앞으로 일어날 일만이 아니라
지금 일어나고 있는 일도

똑똑히

보게 해주게나.

살면서 맞닥뜨릴 난관도 말해 주라.

마주치게 될 슬픔과

고통에 대해서도 말해 주라.

그와 함께 맛볼 지옥도 말해 주라.

행복의 대가를 아는 자만이

행복할 수 있는 것.

잘못을 알면서도

용서해서는 안 되지.

그냥 두면 다시

골백번 반복되어

나중에 우리 학생들은

우리가 용서했다는 것을

용서하지 않을 테니까.

— 예브게니 옙투셴코, 「거짓말」에서

이번에는 좀 특이한 이름의 시인을 소개하려고 합니다.
예브게니 옙투셴코(Yevgeny Yevtushenko, 1932~2017). 정식
이름은 예브게니 알렉산드로비치 옙투셴코(Евге́ний Алекс

áндрович Евтушéнко). 눈 밝은 분들은 단번에 짐작하셨겠 지만, 수수께끼 같은 이름의 이 시인은 러시아 시인 겸 영화 감독입니다. 옛 소련의 이르크추크라는 작은 시골에 태어났 다가 2차 세계대전 이후로 모스크바로 이주했는데, 1949년 에 첫 시를 발표하고 1950년대 초에는 모스크바 고리키문학 대학을 다녔고요. 중간에 시를 한 편 발표했는데, 그 시가 너 무 개인주의적인 사유를 담고 있다고 해서 그만 퇴학을 당 했다고 해요.

최고의 대학을 다니다가 시 한 편 때문에 퇴학당한 심 경이 어땠을까요? 삶은 늘 재미있는 놀이 같아서, 옙투센코 는 퇴학 덕분에 오히려 시인으로서 명성을 얻게 되었답니다. 1953년 스탈린 사망 후에 탈스탈린주의를 표방한 흐루쇼프 가 들어서면서 해빙기가 시작되자, 그는 본격적으로 문학 활 동을 하며 스탈린 이후 세대를 대표하는 시인으로 자기 목 소리를 내기 시작합니다. 1961년에 발표한 시 「바비야르」를 통해 당시 소련에 퍼져 있던 반유대주의를 비판하기도 했습 니다.

바비야르는 우크라니아 키예프의 북쪽 끝에 있는 협곡 으로, 거기서 약 10만 명의 무고한 시민이 나치에게 살해되 었지요. 집시들, 전쟁 포로들, 아이들, 노인들도 있었지만 희생자 대부분이 유대인이었다고 합니다.

엡투센코 자신이 유대인은 아니었지만, 그 대학살의 현장에 소비에트 당국이 운동장을 건설하려는 계획을 세우자 이를 반대하는 시를 쓴 것이지요. 유대인들의 죽음을 애도하면서 유대인을 향한 러시아인들의 무관심과 증오를 비난하는 시인데, 이 용감한 시로 그는 큰 명성을 얻게 되어 1960년 대에는 유럽에도 널리 알려지게 되었지요. 수업에서 저도 이 시를 몇 번 가르쳤습니다.

미소간 냉전이 서서히 무너지던 당시 분위기에 힘입어 엡투센코는 1972년에 미국 여행을 하기도 했고, 당시 리처드 닉슨 대통령과 만나서 찍은 사진이 인터넷에서 쉽게 검색됩니다. 훤칠한 러시아 청년과 미국 대통령이 나란히 선 모습이 인상적이지요. 이처럼 엡투센코는 냉전 체제가 무너진 후 해빙기를 증명하는 시인의 역할을 톡톡히 한 셈이지요.

옛 소련이 무너지고 나자 엡투센코는 미국으로 터를 옮깁니다. 오클라호마에서 시와 영화 강의를 하며 말년을 보냈는데, 생전에 찬사도 많이 받았지만 비난도 많이 받았습니다. 한쪽에선 스탈린 잔재 청산을 주창한 반체제 작가로 알려졌지만, 다른 한쪽에선 소련 체제에 순응하고 타협한 작가라는 시선도 있었던 게지요.

예브게니 옙투셴코

특히 1972년 소비에트연방에서 추방되어 미국으로 건너가 시를 쓰고 1987년 노벨문학상을 수상한 러시아계 미국 시인 조지프 브로드스키(Joseph Brodsky, 1940~1996)는 옙투셴코의 소박한 시풍이 마음에 들지 않았는지, 그를 '불량한 사기꾼'이라고 비난했지요. 크렘린(모스크바의 옛 러시아 궁전인데 러시아 체제를 뜻하지요.)이 쥔 가죽끈에 매인 채 크렘린이 허락하는 정도까지만 짖어대고 으르렁대는 시인이라고까지 한 걸 보면, 옙투셴코의 평안한 시들이 러시아에서 쫓겨난 반체제 인사들에게는 꽤나 불편했던 것 같아요.

앞의 시 「거짓말」은 우리나라에도 제법 널리 알려진 시입니다. 1952년에 쓴 이 시는 우리가 흔히 하는 거짓말에 대해 말합니다. 아이들에게 우리는 좋은 것만 들려주고 싶습니다. 다 잘될 거라고, 걱정 말라고 하면서 우리는 진실을 숨기고 거짓을 가리고 포장을 한 현실을 보여주려 합니다.

시인이 엄중히 말하건대, 잘못을 알면서 숨기는 것은 잘못이 끝도 없이 되풀이되는 일을 야기하는 참으로 나쁜 짓이라는 것입니다. 시의 초반부에 '잘못'이라는 단어가 세 번이나 문장 끝에 반복되는데요, 거짓을 말하는 것, 거짓을 진실인 양 가리면서 치장하는 것, 이 세상 모든 일이 다 잘될 것이라고 이야기하는 건 잘못이라고 이야기합니다.

때로 우리는 너무 힘든 현실 앞에서 괜찮아, 괜찮아, 다 잘될 거야, 이런 희망의 말에 기대게 됩니다. 그런 말에 의지하지 않고선 도무지 견딜 힘이 없을 때, 그러나 엄혹한 스탈린 시절을 통과한 시인은, 현실을 있는 그대로 직시하고 잘못된 일은 고쳐 나가라고 말합니다. 이 시를 쓸 당시 시인은 문인 지망생으로는 최고의 명문대인 고리키문학대학에 다니고 있었지만, 자신이 배워온 것과 스스로 두 눈으로 목도한 현실 사이에 엄청난 괴리를 느꼈던 것 같습니다.

저도 고등학교 때 "하늘엔 조각구름 떠 있고, 강물엔 유람선이 떠 있고, 저마다 누려야 할 행복이 언제나 자유로운 곳"이라는 노래 「아, 대한민국」을 부르며 이 노래의 가사가 바로 우리 현실이고 진실이라고 믿었던 시절이 있습니다. "도시엔 우뚝 솟은 빌딩들, 농촌에 기름진 논과 밭, 저마다 자유로움 속에서 조화를 이뤄가는 곳…… 원하는 것은 무엇이든 얻을 수 있고, 뜻하는 것은 무엇이건 될 수가 있어."

당시 나이에 비해 조숙했던 단짝 친구가 "이 노래를 믿어? 다 헛소리야!" 하던 말도, "넌 왜 그렇게 삐딱하게 생각하니?" 물어보던 기억도 납니다. 어른이 되어서 뒤늦게 우리나라의 현실에 눈을 뜨게 되고 우리의 아픈 민낯을 보면서 그 친구 생각이 자꾸만 났습니다.

각자도생(各自圖生)만이 유일하게 살아남는 길이 된 이 땅의 척박한 현실에서 아이들은 시름시름 앓으면서 현실에 눈을 뜨기 시작했습니다. 그래서 어른들이 따로 말하지 않아도 아이들은 지금 이곳의 아픈 현실에 스스로 눈을 떴습니다. 2013년 국정원의 대선 개입을 규탄하는 시위에서 고등학생들은 옙투셴코의 이 시를 낭송했습니다. 그렇게 거리에서 다시 꿈을 꾸기 시작한 아이들은 스스로 주인이 되는 법을 배웁니다.

아이들은 어른들이 말하지 않아도 다 압니다. 짐짓 가짜 평화를 위장해도 아이들은 엄마 아빠가 싸우고 난 후의 분위기를 직감합니다. 짐짓 괜찮은 척해도 집안의 공기가 나빠졌다는 것을, 무슨 일이 일어났다는 것을 압니다. 학교가, 나라가, 이 사회의 큰 틀이 뭔가 단단히 잘못 돌아가고 있다는 것을 아이들은 다 압니다. 잘잘못을 가리지 않고 어설프게 처리해 온 일들이 몇 십 배, 몇 백 배 더 큰 잘못으로 돌아온다는 것도 아이들은 다 압니다.

2017년에 프란치스코 교황이 청년들에게 다음과 같은 기도 지향을 바쳤습니다. "저는 청년들이 가짜 자유에 속지 않고 순간적인 유행에 휘둘리지 않으며 가슴에 큰 뜻을 품고 있다고 알고 있습니다. 제가 알고 있는 게 맞지요?" 그러고는 당부합니다. "타인이 변화의 주역이 되게끔 뒷짐 지고 있지 말고, 청년이 미래의 주역임을 당당히 선언"하라고. 더 나은 세상을 만들어 나가는 것은 물론 어려운 도전이지만 마음껏 도전하라고 주문한 다음, 교황께서는 청년들이 더 나은 세상을 위해 행동하도록, 그 소명을 잘 행하도록 기도합니다.

청년들이 더 나은 세상을 만들어 나가기 위해 꼭 필요한 어른들의 몫은 바로 이런 것입니다. 현실을 가리고 거짓으로 추함을 아름다움으로 변장하여 보여주는 것이 아니라, 현실을 있는 그대로 들려주고 경험하게 하면서 그 힘겨움을 이겨낼 수 있는 용기와 믿음을 주는 것. 아이들도 우리와 같은 인간이기 때문에 보는 눈이 있고 또 버틸 힘이 있습니다.

맑은 눈으로 세상을 바라보고 심판하고 또 새로운 길을 열어나갈 수 있는 잠재력과 용기, 그걸 믿어주는 것이 어른의 역할입니다. 우리보다 더 어리기 때문에 가르치고 훈계해야 할 대상이 아니라 저마다의 잠재력을 발현할 수 있는 독립적인 존재, 저마다 삶의 의미를 깨쳐나갈 수 있는 존재. 아이들은 그런 존재입니다.

그러므로 아이들에게 현실에 대해 열려 있는 눈을 가리지 마세요. 아이들이 제 몫으로 겪는 고통과 슬픔을 대신 다

짊어지지 마세요. 홀가분하게 걷게 해주려고 하지 마세요. 그럴수록 아이들은 더디게 자라고 끝내 독립하지 못하는 의존적인 사람이 됩니다. 시인에 따르면 그건 옳은 일이 아닙니다.

아이들에게도 제 몫의 슬픔과 고통, 힘겨움, 외로움이 있고, 어른은 다만 곁에서 그러한 곤란을 이겨 낼 수 있는 믿음을 주는 존재라는 것. 행복은 그냥 오는 것이 아니라 이 모든 힘겨움을 딛고 난 후에 온다는 것을 알게 해주는 게 우리 어른의 몫이라고요. 어른이 건네는 그 믿음 속에서 아이들은 저마다 자신의 몫으로 세상을 다르게 변화시켜 나갈 힘을 키워 갑니다.

세상의 영욕을 다 살아낸 후에 떠난 시인이 여기 있습니다. 2017년에 옙투셴코는 생전 유언에 따라 『닥터 지바고』를 쓴 작가 보리스 파스테르나크가 묻힌 모스크바 서쪽의 작은 마을에 묻혔습니다. 소련 관료주의에 대한 비판과 스탈린 잔재 청산을 주창한 반체제 작가이면서 동시에 체제에 순응하고 타협한 '배신의 작가'라는 비판도 함께 받았던 시인은 이제 하늘로 돌아가고, 우리는 그의 시를 함께 읽으며 한 시대를 지나온 인간을 생각합니다. 작고도 큰 인간, 그가 남긴 작고도 큰 말, 시의 무게를 생각합니다.

거짓말을 해도 가릴 수 없는 진실. 어른이 거짓말로 진실을 가린다면 아이들은 그저 속는 척을 하겠지요. 아이들도 다 압니다. 잘못을 알면서도 용서한다면, 아이들은 결국에 가서는 우리가 용서했다는 것을 용서하지 않을 겁니다. 작은 분별과 작은 용기는 큰 기적을 가능하게 합니다. 작은 분별에 대해, 잘잘못을 가리는 것에 대해 어릴 때부터 훈련할 필요가 있는 이유지요.

무르지 않게, 단단하게 키우는 것. 그 굳건함 속에서 우리 아이들이 고난을 견디는 힘을 기르고 현실을 바꾸는 지혜를 얻기를 기도해 봅니다. 모든 것이 마련된 풍요 속에서가 아니라 저마다 합당한 삶의 무게를 나누어 짊어지는 책임 속에서 시선은 성숙하고 힘은 영글어 갑니다. 꽃은 긴 겨울의 추위를 견디고 차가운 바람과 뜨거운 햇살을 다 받으면서 피어납니다. 그저 피는 꽃은 없습니다.

'주어진 것'의
의미를
헤아리는 일

박재삼의 '선물'

선물의 유용성은 선물 자체의 필요성,
즉 결핍에 의해 발생하는 것이 아니라
선물을 주고받고 나누는 그 행위,
주어진 것을 감당하는
적극적인 실천 안에서 발생합니다.

시방 여릿여릿한 햇빛이
골고루 은혜롭게
하늘에서 땅으로 내리고 있는데,
따져보면 세상에서 가장 빛나는
무궁무진한 값진 이 선물을
그대에게 드리고 싶은
마음은 절실하건만
내가 바치기 전에
그대는 벌써 그것을 받고 있는데
어쩔 수가 없구나.
다만 그 좋은 것을 받고도
그저 그렇거니

잘 모르고 있으니

이 답답함을 어디 가서 말할 거나

— 박재삼, 「햇빛의 선물」에서

한여름 어느 뜨거운 날, 학생들과 같이 점심을 먹었습니다. 뜨거운 감자옹심이를 호호 불어가며 먹고 30여 분 학교를 한 바퀴 돌며 걸었습니다. 따끈하게 느껴졌던 햇살이 점점 뜨거워져 뒤통수가 막 달아오르는 느낌입니다. 그래도 이 여름의 햇빛은 참 좋습니다. 식물처럼 두 팔을 뻗고 햇살을 받고 있으면 온 몸에 에너지가 충전되는 것만 같습니다.

헤어지는 길, 땀 흘리며 따라오던 학생들은 한시라도 빨리 이 햇살을 피하고 싶은지 후다닥 건물 속으로 뛰어 들어갑니다. 한여름 햇빛이 고문이었겠구나, 혼자 걸을 것을, 미안한 마음이 들었습니다. 저는 느릿느릿 걸어 다시 연구실로 왔습니다.

여름마다 자주 아팠던 기억이 있습니다. 한여름에도 선풍기, 에어컨의 차가운 바람이 싫었지요. 여고 2학년 때는 방학 시작하는 날에 학교에서 여름감기로 기진맥진 쓰러져 앓다가 엄마가 끓여주시던 콩국수를 먹고 기운을 차리기도 했고요. 그래서 여름은, 쨍한 햇빛은 어른어른한 기억으로 남아 있는데, 이즈음은 새삼스럽게 햇빛이 참 좋아집니다. 예전에 견디지 못했던 것이 견딜 만해지고 예전에 싫어했던 것이 좋아지는 것. 여기에 생각이 미치니 나이 들면서 무디어지는 어떤 것들이 선물마냥 새롭게 느껴집니다.

시인은 '햇빛의 선물'을 말합니다. 선물은 뭔가 특별한 것인데 햇빛의 선물이라니, 선물에는 정성이 들어가야 하고 선물에는 주는 이의 희생이 따라야 하고 선물은 의외여야 하는데, 시인은 어디서나 느끼고 누구나 가질 수 있는 햇빛의 선물을 말합니다. 하늘에서 땅으로 골고루 은혜롭게 내리는 햇빛. 가만 생각하면 이보다 더 좋은 선물의 정의가 어디 있을까 싶습니다. 선물은 주는 이의 몫을 일부러 덜어내는 게 아니라 자연스레 나누어 줌으로써 주는 이도 받는 이도 모두 더하기가 되는 축복입니다. 저 햇살처럼요.

그런데 시인은 그것만 이야기하고 있지 않습니다. 햇빛은, 무궁무진한 햇빛은, 세상에서 가장 빛나고 가장 귀한 선물인데, 그래서 당신에게 이 선물을 드리고 싶은데, 내가 선물을 당신에게 바치기 전에 이미 당신은 그 선물을 받고 있습니다. 거 참, 좋기도 하고 난감하기도 한 상황입니다.

그런데 실은 난감함의 실체는 다른 데 있습니다. 당신은 그 좋은 선물을 받고도 그게 좋은지 모르고 있다는 것,

"그저 그렇거니" 하는 것. 세상에서 제일 귀한 선물을 받고도 알지 못하는 그 무심함이 답답하고 안타깝기만 합니다. "이 답답함을 어디 가서 말할 거나." 결국 독자들에게 하소연하면서 시인은 햇빛과 선물 그 모두에 대한 질문을 새롭게 던지고 있습니다.

햇빛은 해의 빛, 여러 얼굴이 있습니다. 환한 봄날 햇빛은 은은하고, 눈부신 여름 햇빛은 사정없이 따갑습니다. 화창한 가을날 햇빛은 맑고, 깔끔한 겨울 햇빛은 그 자체로 달디 답니다. 미국의 시인 월트 휘트먼(Walt Whitman, 1819~1892)의 말이 생각나네요. 휘트먼은 시인의 역할을 햇빛에 비유하여 이렇게 말한 적이 있습니다.

"시인은 다양성의 중재자이며 열쇠다. 그는 자신의 시대와 영토의 형평을 맞추는 자이며, 부정의 길로 엇나간 세월을 그는 확고한 믿음으로 억제한다. 시인은 논쟁자가 아니라 심판자다. 시인은 재판관이 재판하듯 판단하지 않고 태양이 무기력한 것들 주변에 떨어지듯 판단한다."

여기서 태양이 무기력한 것들 주변에 떨어지듯 판단한다는 말이 참 의미심장합니다. 태양빛은 차별을 모르는 빛,

차별을 모르기에 만물을 골고루 비추어 속속들이 스며드는 빛인데, 특히 무기력한 것들 주위에 떨어진다는 표현은 영어로 "as the sun falling around a helpless thing"이라고 되어 있는데요, 여기서 'helpless'는 누구의 도움도 못 받는 무력한 속수무책을 의미합니다. 그러한 존재에 태양이 다른 것들과 똑같은 빛으로 어른어른 비추면서 살아 있게 해주는 것이지요.

　시인은 논쟁하는 사람이 아니라 심판하는 사람, 판단하는 사람, 다양성의 중재자이며 열쇠라는 말에서 시인의 역할이 그저 단순히 재미있는 것을 노래하는 것에 그치지 않음을 알 수 있습니다. 시인은 어떤 일에 대해 의견을 내놓고 논쟁하는 사람도 아닙니다. 시인은 확고한 믿음으로 세월의 흐름을 이끄는 사람입니다. 그 점에서 시인은 정확하게 보는 눈을 가진 사람입니다. 시인은 정확하게 들여다봄으로써 진실을 세심하게 살피는 사람이며, 무엇보다 차별하지 않고 속속들이 스미는 빛처럼 널리 퍼져나가는 목소리입니다.

　권력 있는 자리나 누추한 자리를 가리지 않고 골고루 비추는 햇빛. 뭇 생명을 골고루 자라게 하는 햇빛. 햇빛 앞에서 우리는 공손하고 착실하게 머리 조아리며 생명의 양분을 받습니다. 앞의 시에서 햇빛의 선물은 바로 그러한 시인의 지혜와 같습니다. 그런데 우리는 그러한 선물을 잘 알지 못하고, 당연한 듯 받고 지나칩니다. 흔한 것, 거저 주어지는 것은 선물이 아니라고 생각하니까요. 하지만 선물은 주어지는 것입니다. '선물'을 뜻하는 영어 단어 'gift'는 'give'(주다)와 한 뿌리인데, 원래 '주어진 어떤 것'이라는 의미를 가지고 있습니다. 그러므로 선물은 우리에게 주어진 것입니다.

그렇다면 선물은 반드시 좋고 특별한 것만 의미하지는 않겠지요? 당연하다 여기는 것, 우리에게 온 것, 익숙한 것, 평범한 것, 그 모두가 선물입니다. 햇빛도, 비도, 바람도 선물이고요. 오늘 쨍쨍하게 내렸던 한낮의 햇살은 오늘 가장 큰 선물이었고요. 곁에 늘 있는 식구들도 선물이고요.

지금 글을 쓰고 있는 컴퓨터의 하얀 화면도 선물이고요, 손가락도 선물이고요. 오늘이라는 이 하루도 선물이고, 지금 여기라는 이 자리도 선물이고, 무엇보다 우리 자신이 선물입니다. '주어진 것'이라는 원래 의미로 생각해 본다면, 지금 가장 큰 괴로움을 주는 사람이나 힘겨운 일, 크고 작은 고통, 우리의 존재 자체가 선물입니다.

뜨거운 햇빛 내리는 8월에 '햇빛의 선물'을 생각합니다. 피하려고만 하고 도망 다니는 여름 햇빛. 그 햇빛이 선물이듯이 익숙한 마주침, 반복되는 일상, 짜증과 화, 무력감, 어제

오늘의 자잘한 실패, 그리고 어쩌면 남에게 말 못 하고 고민하고 있을 마음속 걱정거리도 모두 우리에게 주어진 것이라면 그 또한 선물입니다. 크고 화려하고 값나가는 것만이 아니라 작게 마주치는 것들이 모두 선물입니다.

선물인지 미처 모르고 지나쳤던 것들, 햇살도 비바람도 고달픔도 칭얼거림도 생채기도 나를 다시 돌아보게 하고 나를 키우는 선물입니다. 나를 배신하고 돌아섰던 당신도 그러고 보면 선물이고, 내 고마움을 아는지 모르는지 무심한 아이도 선물이고, 턱 욱신거리게 하는 앓는 이처럼 고민스러운 현실의 한 자락도 선물입니다.

그러므로 우리, 우리에게 '주어진 것'을 선물로 잘 받아야 할 것입니다. 선물을 잘 받는다는 것은 주어진 것의 의미를 잘 헤아리는 일. 내가 내게 주어진 것과의 만남을 어떻게 갈무리할 것인지, 거기서 어떤 의미를 찾을 수 있을지, 어떤 깨우침과 변화를 만들어나갈 수 있을지를 생각하는 일. 쉽게 낙담하지 말고, 쉽게 포기하지 말고, 자만하지 말고, '왜 내게만'이란 말로 내게 닥친 불행과 어려움을 외면하지 말고, 용기 있게 받아들이는 일. 우리는 참 다양한 방식으로 우리에게 주어지는 것들을 선물로 만들 수 있습니다.

무엇보다 가장 큰 선물은 우리 각자를 이 지면에서 함

외젠 얀손, 「지붕 위로 쏟아지는 햇살」(1868년)

께 만나게 한 큰 뜻입니다. 지금 이 글을 함께 읽고 나누면서 우리 각자가 우리에게 주어진 것을 헤아리는 이 순간이야말로 선물의 다른 이름입니다. 8월 한 달, 풍성하게 주어지는 햇빛 선물 외에도 많은 선물들이 매일 우리를 맞겠지요. 우리를 기다리는 그 선물들에 기꺼이 우리를 내어주는 일. 선물을 잘 받는 이의 모습입니다.

그런 점에서 선물은 나눔입니다. 주어진 것을 나누어 가질 때 우리는 더 풍성하게 나눔을 통해 자랍니다. 내 것을 떼어준다는 의미 이전에 이미 존재하는 것, 이미 주어진 것을 우리가 받는 행위입니다. 그러므로 선물은 주고받는다는 단순한 교환을 넘어서 더 넓어지고 더 커지는 나눔입니다. 선물의 유용성은 선물 자체의 필요성, 즉 결핍에 의해 발생하는 것이 아니라 선물을 주고받고 나누는 그 행위, 주어진 것을 감당하는 적극적인 실천 안에서 발생합니다.

오늘 나는 어떤 선물을 어떻게 맞고 있나요? 오늘 나에게 '주어진 것'은 무엇인지요? 그 좋은 것을 받고도 혹 모르고 그냥 지나치지는 않는지요? 고마움과 기다림을 잊고 조바심과 원망과 후회만으로 '주어진 것'을 제대로 살뜰히 쓰지 못하고 그냥 흘려보내고 있지는 않았는지요? 어쩌면 너무 많은 선물을 받았기에 당연하다 여기고 고마움을 잊은 채 살아왔던 것은 아닌가요?

　지금까지 어떤 햇살이, 어떤 바람이, 어떤 비가, 어떤 손길이 나를 키웠는지, 어떤 고난이 나를 단련시키고 성장하게 만들었는지, 마지막까지 지녀야 할 가장 소중한 선물은 무엇인지 돌아봐야 할 시간입니다. 성하(盛夏)의 계절, 무더위 한창인 한여름에 햇살을 선물로 받고 쓴 글입니다. 내가 바치기도 전에 이미 많은 선물을 받은 당신, 힘내시길 가만히 빌어봅니다.

2부 | **아직도**

근본적인
생명의
방식

블레이크의 '독나무'

말하기와 듣기는 그래서 너와 나의 관계에서
소통의 망이 될 뿐만 아니라
너와 나라는 존재 자체를 살리는
근본적인 생명의 방식입니다.

참으로 더디게 오는 봄이지만 길을 나서면 좁은 골목길엔 하얀 목련이 수줍게 꽃망울을 터뜨렸고 강변길 개나리 덤불은 일제히 노란 등불을 켰습니다. 어김없이 봄은 돌아와 환한 꽃들이 앞다투어 피어나고 나무에도 연한 초록 물이 올라와 생명의 신비를 전해주지만, 큰 자연 재해와 방사능 공포, 무한 경쟁에 지쳐 삶을 포기한 학생들의 이야기까지 현실은 늘 우리가 어렵게 헤치고 나아가야 할 과제를 삶의 신비 안에 함께 툭 던지는 것 같습니다.

어떤 문제는 우리와 아득히 먼 이야기만 같아 등을 돌리게 되고 어떤 일들은 바로 우리 일 같기에 다급한 걱정을 합니다. 위기 앞에서 우리는 크고 지혜로운 어떤 힘이 이 모든 고민들을 싹 해결할 정책을 만들어 주리라 기대하면서 한 걸음 물러서고요. 그런 식으로 저마다 외롭고 고단한 마음의 뜰에 갇힌 채 하루하루 어제와 같은 오늘을 보내지요.

어떻게 하면 타인의 고통에 무감하지 않으면서 내 기쁨과 고통의 질량도 같이 나눌까요? 너와 내가 함께 지혜를 모아 조금 더 나은 내일을 만들어 나갈 수는 없을까요? 나 혼자가 아니라 다 함께 건강한 사회란 어떤 모습일까요? 이런 질문 끝에 고른 시는 영국의 큰 시인 윌리엄 블레이크(William Blake, 1757~1827)입니다.

나는 친구에게 화가 났지.
화가 났다고 말했더니, 내 화는 풀렸어.
나는 원수에게 화가 났지.
화났다고 말하지 않았더니, 내 화가 자랐어.

그래서 난 내 분노에다가 물을 주었어. 두려움 속에서,
밤이고 아침이고 내 눈물로;
또 난 내 분노에 햇살을 쬐어주었지. 내 미소와 함께,
부드러운 거짓의 간계로.

그랬더니 그것은 밤이나 낮이나 자라나,

마침내 빛나는 사과 한 알을 맺었어.
내 원수가 그 사과가 빛나는 걸 보았지.
내 원수는 그게 내 것이라는 걸 알고서

나의 뜰로 숨어 들어왔어.
밤이 하늘을 가렸을 때;
아침에 나는 기쁘게도 본다네.
나무 밑에 뻗어 있는 내 원수를.

I was angry with my friend:
I told my wrath, my wrath did end.
I was angry with my foe;
I told it not, my wrath did grow.

And I water'd it in fears,
Night & morning with my tears;
And I sunned it with my smiles
And with soft deceitful wiles.

And it grew both day and night,

Till it bore an apple bright;
And my foe beheld it shine,
And he knew that it was mine,

And into my garden stole
When the night had veil'd the pole:
In the morning glad I see
My foe outstretch'd beneath the tree

— 윌리엄 블레이크, 「독나무(A Poison Tree)」에서

읽을 때마다 좀 섬뜩하고 끔찍한 느낌을 주는 시입니다. 소름 끼친다는 이도 있답니다. 이 시는 블레이크가 1789년에 『순수의 노래(Songs of Innocence)』를 발표한 다음 1794년에 스물여섯 편의 시를 더해서 『순수와 경험의 노래(Songs of Innocence and Experience)』를 발표했을 때 「경험의 노래」에 속해 있던 시입니다.

런던에서 태어나 어릴 때부터 판화를 배워서 자신의 시를 삽화와 함께 동판에 새겨 넣었던 블레이크는 『순수와 경험의 노래』 시편들에서 어린아이의 순수함이 환하게 피어나는 생의 기쁨을 노래하는 한편 당대 영국 사회에 내재한 온

갖 모순과 문제들을 어린아이들의 순진무구한 눈을 빌려서 예리한 시선으로 포착하였답니다.

이 시 또한 어린아이의 말 속에서나 가능할 아주 간결하고 단정한 시어들의 선택이 일단 눈에 띄는데요. 시 속의 화자는 친구에게 화가 났을 때는 친구에게 말을 했다고 합니다. 그런데 친구가 아닌 적, 원수에게 화가 났을 때는 말을 하지 않았다지요. 그리고 그 화/분노에 물을 주고 햇살을 주어 그걸 키워갑니다.

두려움 속에서 밤이고 아침이고 눈물로 물을 주었다는 말, 그리고 시 뒷부분에 그 나무에서 열린 나무를 원수가 내 것임을 알고도 내 정원의 나무 열매를 따 먹었다는 말에서 우리가 짐작할 수 있듯이, 시의 어린 화자에 비해 원수가 더 힘이 세 보입니다.

그렇기에 화자는 겉으로는 미소를 띠면서 분노의 나무에 햇살을 쬐게 해주었겠지요? 그래서 그 나무에 열린 사과 한 알, 그것은 아주 탐스러운 사과이겠지만 실은 시 속의 어린 화자의 화와 분노가 자라난 것이기 때문에 독을 품은 사과가 되었답니다.

원수는 그만 욕심을 부렸는데, 그 사과가 탐이 나서 한밤에 몰래 따 먹는다고 하네요. 그리고 그 다음 날, 시 속의 화자는 나무 밑에 죽어 널브러진 원수를 기쁘게 바라본다며 시는 끝을 맺습니다.

말해지지 않는 화/분노의 끝을 어쩌면 이토록 섬뜩하게 그릴 수 있을지! 이 시를 저는 대학 3학년 때 처음 읽었는데, 이 시를 다시 읽을 때마다 그때의 충격은 여전히 새록새록 살아나곤 합니다. 시에서 처음 시인이 구분을 짓듯 친구와 원수의 관계는 좋은 말을 할 때는 별로 드러나지 않습니다.

누구에게든 우리는 좋은 말을 할 수 있지요. 하지만 좋지 않은 말, 가령 화나 분노, 불평이나 불만, 이런 것들을 말하기는 참으로 어렵습니다. 친구 사이에도 쉽지 않고 그 대상이 원수일 때는 그것도 나보다 더 힘이 센 원수일 때는 더더욱 어렵겠지요? 그러한 때 우리는 마음속에 독나무를 키워 나가서 그 원수를 파멸할 날을 기다려야 할까요? 그래서 내가 키운 독사과를 먹은 원수가 마침내 죽었을 때, '야호, 내가 이겼다!'라고 말할 수 있는 날을 기다려야 할까요?

시인이 이걸 말하고 있는 것 같지는 않아요. 왜냐하면 시를 읽는 독자는 시의 말미에서 화자가 "glad I see/ My foe outstretch'd beneath the tree"라고 말을 하지만, 독자의 마음엔 화자가 느끼는 'glad'와는 거리가 먼 공포와 섬뜩함이 자리하게 되니까요. 결국 화를 품은 그 독나무가 자라난 곳도 화자의 정원이었으니까 풍요로운 결실로 가득해야 할 정원에서 독사과를 품은 나무가 자랐다는 것. 결국 시인 화자의 마음 그 자체가 'poison'이 되어버린 것이니까요. 그리고 그 독이 상대와 나 모두를 파멸로 이끌게 되고요.

이 시를 읽으면서 저는 친구뿐만 아니라 내가 두려워하고 싫어하는 적에게조차도 말을 하는 것, 나의 화와 나의 분노를 제대로 잘 표현하는 것이 얼마나 중요한 행위인지를 새삼 깨닫습니다. 적의 입장도 마찬가지입니다. 지금 내가 무시하고 하찮게 생각하는 대상일지라도 그의 말을 귀담아 잘 듣는 것이 결국 내 생명을 살리는 일이 됩니다. 내가 더 힘이 세서, 내가 더 잘 알아서 너의 말은 들을 필요가 없다는 생각, 오로지 나만 따르라는 생각이 어쩌면 내 생명의 원천을 갉아먹고 있는 건 아닐까 반성해 봅니다.

말하기와 듣기는 그래서 너와 나의 관계에서 소통의 망이 될 뿐만 아니라 너와 나라는 존재 자체를 살리는 가장 근본적인 생명의 방식입니다. 세상의 모든 관계는 평등한 것 같으면서도 크고 작은 위계와 서로 다른 힘/권력의 크기 속에서 촘촘히 나뉘어 있어서 우리의 말하기와 듣기는 늘 이 관계의 역학 속에서 움직입니다. 나보다 힘이 없고 약한 이들의 목소리를 우리는 귀담아듣지 않고, 나보다 힘이 센

이들의 목소리에는 잘못인 줄 알면서도 나약하게 따르곤 합니다.

말하기가 귀찮고 치사해서, 혹은 나와는 거리가 먼 일 같아서 우리는 일상의 문제들에 입을 닫습니다. 말을 하면 내게 내려질 벌이나 차별, 손해가 두려워서 우리는 큰 분노조차도 감추어 버립니다. 그러고는 안전하다고 생각하는 (하지만 결코 안전하지 않은) 우리의 작은 정원에 숨어버립니다. 그 정원에서 저마다 크고 작은 독사과를 키우면서 말이지요.

우리가 함께 만들어 나가야 할 문화는, 그러므로 말을 하고 말을 듣는 진정한 '소통'이 자유로운, 그래서 어느 누구도 독을 품은 사과를 키우지 않는 그런 문화여야 할 것입니다. "살펴보아라. 울지 않는 것들 가운데 살아 있는 것도 있다."라고 말한 시인(이성복)도 있습니다. 저마다의 가슴에서 독을 품은 사과를 꺼내 이야기하고 들어주는 사회, 혹 말을 하지 못하는 자의 아픔마저 함께 나누는 그런 문화, 용기 내어 말하고 정성껏 귀담아듣는 일의 소중함이 그 어느 때보다도 절실합니다.

나의 정원에는 지금 무엇이 자라고 있나요? 내 귀는 어느 쪽을 향해 열려 있나요? 나는 지금 어떤 열매에 물을 주고 있나요?

『경험의 노래』, 「독나무」(1826년)

가장
훌륭한 시는
아직
쓰이지 않았다

나짐 히크메트의 '여행'

가장 훌륭한 시는 아직 쓰이지 않았고,
가장 아름다운 노래는 아직 불리지 않았다는
자각은 자기 자리를 다시 돌아보는
시선 속에서 가능합니다.

가장 훌륭한 시는 아직 쓰이지 않았다
가장 아름다운 노래는 아직 불리지 않았다
최고의 날들은 아직 살지 않은 날들
가장 넓은 바다는 아직 탐험되지 않았고
가장 먼 여행은 아직 끝나지 않았다.

불멸의 춤은 아직 공연되지 않았으며
가장 빛나는 별은 아직 발견되지 않았다.

우리가 무엇을 해야 할지 더는 알 수 없을 때
바로 그때 우린 비로소 진실한 무언가를 할 수 있다.
어느 길로 가야 할지 더 이상 알 수 없을 때

그때가 비로소 진정한 여행의 시작이다.

— 나짐 히크메트, 「진정한 여행」에서

이 시는 나짐 히크메트(Nazim Hikmet, 1902~1963)라는 터키 시인의 시입니다. 히크메트는 오스만제국의 고위 외교 공무원의 아들로 그리스에서 태어났다고 합니다. 터키의 해군사관학교에서 공부를 하기도 한 히크메트는 1차 세계대전에서 오스만제국이 패해서 연합군의 지배 아래 놓이자 모스크바로 가서 대학을 다니게 됩니다. 그러면서 당시 러시아 혁명기에 미래파 시인으로 활동했던 블라디미르 마야코프스키의 영향을 받아 시를 쓰게 되었다지요. 할아버지가 시인이었고 외가 쪽의 문재를 이어받았기에 열일곱 살 때 이미 여러 편의 시를 발표했다고 하네요.

터키가 독립한 이후에 고국으로 돌아간 히크메트는 곧 혁명운동에 가담하면서 체포되어 감옥에 갇히게 됩니다. 아름답기 그지없는 이 시 또한 수감 생활 중에 쓴 시라고 합니다. 십여 년이 넘는 오랜 세월을 감옥에서 보내면서 히크메트는 단식투쟁도 하면서 정치적 자유를 위해 싸웠고, 피카소와 사르트르가 그를 위해 석방 운동까지 벌였습니다. 나중에는 피카소와 사르트르와 함께 국제평화상도 받은 히크메트는 석방된 후에 결국 소련으로 망명했다가, 정치적으로 해금된 후에 터키와 소련을 오가며 살았지만 결국 모스크바에서 생을 마쳤습니다.

시 외에도 소설, 희곡 등을 두루 썼고 40여 개 언어로 번역될 만큼 터키를 대표하는 작가가 된 히크메트의 생을 잠시 엿보면서, 한 나라의 고위 관리의 아들로 태어나 군인이 되려다 시대의 소용돌이 속에서 여러 험한 일을 겪고 결국 시인으로 우리에게 말을 건네는 그 생의 무게를 생각해 봅니다. 한 사람이 남긴 목소리는 그 시절만의 이야기가 아니라 지금 여기 우리에게도 많은 것을 일깨우며 새로운 눈을 뜨게 해주는 것 같습니다.

이 시를 읽던 지난 해 어느 날이 떠오릅니다. 여느 날과 다름없이 정신없이 바빠 김밥으로 점심을 때우던 중이었지요. 너무 바쁘게 매일 몰아치는 일에 지치고, 게다가 그 사무적인 일들이 별 보람 없이 느껴져서 저는 그만 "내가 이러려고 이렇게 오랫동안 공부했나? 내가 생각했던 학자의 길이 이런 것이었나?" 하고 당시 유행하던 '자괴감'에 빠져 있었습니다. 그러던 차에 이 시를 읽으면서 제가 살아가는 이 나날들의 의미를 다시금 찬찬히 되짚어 보았지요.

사람이 늙어가는 것은 하고 싶은 일이 없어지면서 늙어

가고, 사람이 낡아가는 것은 새로운 눈뜸이 없을 때 낡아가고, 사람이 썩어가는 것은 반성이 없을 때 썩는다는 그 단순한 진리를 상기하면서 제 자리를 돌아보았지요.

"할 만큼 했는데 겨우 이것인가?" 하는 자신의 노력과 기대가 서로 맞지 않을 때 우리는 쉬이 지칩니다. 그러나 할 만큼 했다는 느낌 또한 너무나 주관적이라서 놀라울 정도로 많은 일을 하는 사람이 아무것도 하지 않았다고 느끼기도 하고, 아무것도 하지 않고 빈둥거리는 사람이 자신은 이렇게 희생하는데 왜 알아주지 않느냐고 투정하고 불평하기도 합니다. 어느 쪽이든, 실제로 많은 일을 하면서 지쳐가든 아무것도 하지 않고 지쳐가든, 이 시는 이 모든 일상의 남루한 반복에 대해 새로운 시선을 줍니다.

가장 훌륭한 시는 아직 쓰이지 않았고, 가장 아름다운 노래는 아직 불리지 않았다는 자각은 자기 자리를 다시 돌아보는 시선 속에서 가능합니다. 내게 있어 가장 최고의 날들은 아직 내가 살지 않은 날들, 내 앞에 놓여 있는 시간 속에 있다니, 뭘 해야 할지 알 수 없는 바로 그 막막한 절망의 순간이 실은 진실로 우리의 자리를 자각할 수 있는 터가 된다는 것.

그러므로 새해 새 아침, 많은 환호와 자랑 속에 기쁨 겨워하는 이들보다는, 지금까지 내가 뭘 했는지 또 앞으로 뭘 해야 하는지 하는 막막함 속에서 길을 두리번거리며 모색하는 이들에게, 이 시는 어쩌면 가장 최고의 날들이 아직 도래하지 않았다고 말해 줌으로써 큰 선물을 주는 셈이지요.

　일 분, 한 시간, 하루라는 시간은 대충 별 생각 없이 흘려보내는 우리지만, 해가 바뀔 때는 다소 진지하게 한 해를 더듬어 반성하고 새로운 결심도 다부지게 합니다. 그런 의미에서 한 달, 한 해라는 시간의 매듭은 또 얼마나 소중한가요. 이 시가 우리에게 일깨우는 것은, 그러한 결심과 반성이 실은 우리의 행위와 실천을 결정짓는 매순간의 일이어야 한다는 점입니다. 매순간의 결심과 매일의 실천이 우리를 무의미한 관성과 습관에서 벗어나 우리를 새롭게 하니까요.

　감옥이라는 꽉 막힌 공간에서 우주처럼 넓은 시간여행을 새롭게 상상하며 「진정한 여행」을 썼을 시인의 마음으로 돌아가볼까 합니다, 매일 아침에요. 어제가 오늘 같고 오늘이 내일 같은 이 변함없는 일상을 새롭게 만들 '지구별 여행자'가 되기로. 지구별 여행자가 된다고 생각하니 앞으로 써야 할 가장 훌륭한 시, 앞으로 불러야 할 가장 아름다운 노래, 앞으로 걸어갈 가장 아름다운 길, 앞으로 살아갈 최고의 날들, 앞으로 탐험하게 될 바다가 그려집니다.

그 길과 그 바다가 평평하지는 않겠지요. 어제가 오늘과 같이 반복되는 나날에 저는 쉽게 지칠 것이고 예상치 못했던 문제들이 여기저기서 불쑥 나타나 골머리가 아프겠지요. 지난해와 똑같은 습성, 똑같은 불만으로 내일이면 금방 투덜거리고 한탄하겠지요.

하지만 지구별 여행자는 어떻게든 그 자리에 머물지 않고 앞서 걷는 자. 아무리 힘들어도 한 걸음 더 발걸음을 내딛는 자. 습관적인 인간이 아니라 지구별 여행자가 됨으로써 우리가 살아가는 하루하루를 새롭게 만들 수 있습니다. 가끔은 떠나고 싶지만 떠날 수 없는 이 지구별에서의 삶. 떠나고 싶지만 떠날 수 없는 지금의 내 자리, 밀린 일들, 어쩔 수 없는 현실, 매일 짓누르는 의무와 책임들. 물리적인 환경을 단번에 싹 바꾸어 다른 사람이 되기란 불가능합니다.

다만 우리에게 가능한 일은, 우리의 오랜 그릇된 습관으로부터 결별하는 것. 우리 스스로를 새롭게 곧추 세워 마음 열 때 환한 날은 새로 시작됩니다. 대면하고 싶지 않은 현실의 시궁창을 눈 크게 뜨고 바라보며 새롭게 바꾸어 나갈 때 우리 각자는 가장 빛나는 별 하나씩을 품을 수 있을 것입니다. 진정한 여행은 바로 지금부터입니다.

스스로의
두려움과
싸우는 일

나희덕의 '평화'

평화는 저마다 무릎걸음으로
피먼지를 닦는 기도,
구체적인 실천의 행위 속에서
간신히 지켜지는 어떤 것입니다.

1950년 늦여름

지리산 어느 마을에서의 일이다.

새벽녘 동구에서 총격전이 벌어졌는데

마을을 빠져나가기 위해서는

그 외길을 지나지 않으면 안 되었다고 한다.

국군과 인민군이 총구를 겨누며 대치하고 있는

양쪽 산자락 사이 좁은 오솔길.

주민들은 숨죽이고 총탄의 여울을 건너갔다.

어머니는 아들에게 외쳤다.

아가, 뛰지 마라, 절대 뛰어서는 안 된다!

천천히, 천천히 걸어야 한다!

그 외침을 방패삼아 걷고 있는 소년 앞으로

한 청년이 겁에 질려 뛰기 시작했다
문득 총성이 들렸고 청년은 쓰러졌다
숨죽여 걷는다는 일.
그것이 소년에게는 가장 어려운 싸움이었다고 한다.

평화의 걸음걸이란
총탄의 여울을 건너는 숨죽임과도 같은 것
두려워서가 아니라 스스로의 두려움과 싸우며
총탄의 속도와는 다른 속도나 기척으로 걸어가는 것
심장을 겨눈 총구를 달래고 어루만져서 거두게 하는 것
양쪽 산기슭의 군인들이 걸어 내려와 서로 손잡게 하는 것
그날까지 무릎으로 이 땅의 피먼지를 닦아내는 것
— 나희덕, 「평화의 걸음걸이」에서

2017년 학회 참석을 위해 머무는 대만 타이베이에서 이 시를 읽고 있었습니다. 다른 땅에 발을 디디면 시선도 발걸음도 목소리 톤도 달라집니다. 빼곡한 일정으로 학회가 열리는 발표장에 종일 앉아 있기도 하지만 틈틈이 주변을 산책하면서 발걸음을 빠르게 느리게 하며 주변을 익힙니다. 한국어보다 높낮이가 더 큰 영어를 말해야 하기에 밥도 다른 때

보다 더 많이 먹고 더 낭랑해집니다.

모처럼 만난 타지의 친구들과 반가운 회포를 제대로 풀기도 전에 "너네 나라 괜찮니? 어쩌니?" 하는 소리를 연거푸 들었습니다. "곧 전쟁이 일어날지도 모르는데, 정말 괜찮겠니? 돌아가도 되겠니?"라는 걱정, "너와 너희 나라를 위해 늘 기도할게."라는 진심어린 말들. 논문 발표를 마치고 단잠을 자고 일어난 아침에는 북한이 미사일을 발사했다는 소식이 들렸습니다. 미사일이 공중에서 터졌기에 망정이지 어쩔 뻔했느냐는 걱정에다 "너희 나라 대통령은 어쩌다가 탄핵되었니? 새 대통령은 누가 될 것 같으니?"라는 걱정 반 호기심 반인 질문들을 계속 받았습니다.

모든 나라가 저마다의 흥망성쇠, 저마다의 드라마를 가지고 있지만, 특히 대만은 역사에 곡절이 많은 나라입니다. '타이완'으로 불리는 중화민국. 빠른 경제 성장으로 한국, 홍콩, 싱가포르와 함께 아시아의 네 마리 용으로 불린 적도 있지요. 중화민국은 1912년 난징에서 건국을 선포한, 100년이 넘는 장수 공화국인데, 1949년까지 대륙을 지배했지만 국공 내전에서 중국 공산당이 1949년 중화인민공화국을 수립하자 장개석 정부는 도망치듯 타이베이로 옮겨왔지요. 이 땅에도 수많은 원주민들이 살고 있었다고, 그 원주민 수난사도 곡절이 많다고 합니다. 한때 UN안전보장이사회 5대 상임이사국의 지위로 근현대사의 한 획을 그었지만, 최근에는 중국에 자리를 내어주고 UN에서 탈퇴한 나라.

대만에서 영문학을 공부하는 학자들과 오랜 친분을 맺어 온 탓에 친연감은 컸는데, 막상 와서 보는 나라는 훨씬 더 다정하고 친밀합니다. 깔끔하게 정돈된 건물과 거리. 아침 거리에서는 난전을 막 펴기 시작하는 상인들이 인사를 합니다. 좁은 골목에 옹기종기 줄을 선 가게들은 겉보기엔 누추해 보입니다. 주인의 양해를 구해 들여다보니 안에 작은 제단이 모셔져 있고 가게 문을 열기 전에 주인은 향을 피워 기도를 합니다. 저마다의 일상은 그렇게 기도와 노동의 손놀림으로 채워집니다.

중국과의 학문적 교류가 자유로워서 베이징과 광저우에서 온 학자들과 자유롭게 담론을 나누는 모습은 부럽기까지 한데요. 대만이 질서와 안전 면에서 우리보다 제법 앞서 있다는 것을 실감한 것은 버스를 보고 나서입니다. 대만의 버스는 크건 작건 문이 세 개입니다. 주 출입구 외에 맞은편에 '危急出口, Emergency Exit'라고 붉은 글씨로 표시된 비상구가 하나 있고 천장에도 붉은 글씨로 크게 표시된 비상문이 하나 있습니다.

버스 화재 등의 경우에 탈출에 용이하도록 그렇게 문이 세 개나 있는 버스를 보면서, 우리나라의 최고급 버스들과 비교해 봅니다. 주출입구 하나에 밀폐된 창. 화재가 발생하면 탈출이 불가능한 구조. 효도 여행 떠났다가 돌아오는 길에 불이 난 버스에서 유리를 깨지도 못하고 문이 없어 탈출도 못 하고 열 명이 숨진 2016년 10월 사건이, 우리의 모습이었습니다. 뒤에 비상구가 있었더라면 목숨을 건질 수 있었겠지요.

기본을 잘 지키는 것이 모든 평화와 안전의 가장 큰 덕목입니다. 사람 사이에 지켜야 할 배려. 일을 할 때 지켜야 할 원칙. 골목은 좁고 복잡했지만 친절하고 서두르지 않으면서 또박또박 일을 하는 대만의 사람들을 보면서 문화적으로 질서를 제대로 잡는 길은 하루아침에 되는 일이 아니라는 생각을 새삼스레 합니다. 국가간 국민 총소득을 비교하여 수치적인 계산으로 우월감을 갖는 게 중요한 것이 아니라, 생활 속에 깃든 배려와 원칙을 차분히 지켜나가는 긴 역사를 만드는 일이 중요한 것이겠지요. 저의 무지가 새삼 부끄러워지는 순간이었습니다.

짧은 학회는 학자들 간의 대화와 우정을 나누는 좋은 시간이었지만, 학회가 끝나는 저녁 식사 자리에선 "전쟁 날지 모르는데 돌아가도 되겠니? 여기 더 있을래?"라는 걱정을 다시 한 번 들었습니다. 곡절 많은 역사라면 대만도 우리나라도 마찬가지지만, 앞으로 나아가는 발걸음은 우리가 훨씬 더딘 것 같아 답답하기도 합니다. 선거 때만 되면 등장하는 혐오의 말들에 너무 진절머리 나서 토론도 멀리서 한 걸음 늦게 곁눈으로 보곤 합니다. 어떤 논쟁에도 끼지 않고 조금 멀리 있습니다. "눈 닫고 귀 닫고 있자."는 마음이 무색하게 매일 숨 가쁘게 뉴스를 접하면서 이 땅의 평화는 어째서 늘 제자리걸음인가 싶습니다.

평화가 없는 곳에서 평화를 염원하는 일상. 주일미사에서 늘 평화를 기원하면서도 돌아서면 마음이 번잡해지는 이 땅의 어지러움은 언제 끝이 날까요? 늘 곡진한 목소리로 시를 쓰는 나희덕 시인은 "평화의 걸음걸이"를 이야기합니다. 이미 너무 오래전 일 같지만 우리는 여전히 전쟁의 그림자 아래 있습니다. 시인이 시 속에서 그리는 1950년 늦여름, 전쟁이 한창이던 마을의 이야기는 그러므로 먼 옛날이 아닙니다.

국군과 인민군이 서로 총탄을 겨누며 대치하는 상황에서 총탄의 여울을 무사히 건너는 일이 가능하기나 할까요? 이쪽에서 저쪽으로 건너가야만 하는 상황. 아들을 보내는 어머니는 얼마나 애가 탔을까요. 흔히 하는 말로, 그야말로 간

장이 녹았겠지요. 어머니가 아들에게 말합니다. "아가, 뛰지 마라, 절대 뛰어서는 안 된다! 천천히, 천천히 걸어야 한다!" 그 외침을 기도 삼아 방패 삼아 소년은 걷습니다. 마침 겁에 질린 한 청년은 그만 참지 못하고 뛰기 시작합니다. 이어지는 총성. 청년은 총에 맞아 쓰러집니다.

"숨죽여 걷는다는 일/ 그것이 소년에게는 가장 어려운 싸움이었다고 한다"라는 말로 시인은 평화의 걸음걸이에 대해 이야기합니다. 그것은 '숨죽임'입니다. 소리 높여 외치는 것이 아니라 소리를 죽이는 일, 두려워서 소리를 죽이는 것이 아니라 스스로의 두려움과 싸워야 하기에, 총탄과 싸워야 하기에 다른 속도로, 다른 기척으로 걷는 일.

"심장을 겨눈 총구를 달래고 어루만져서 거두게 하는 것/ 양쪽 산기슭의 군인들이 걸어 내려와 서로 손잡게 하는 것"이라고 합니다. 물론 쉽지 않겠지요. 그래서 시인은 선언하듯 말합니다. "그날까지 무릎으로 이 땅의 피먼지를 닦아내는 것"이 바로 평화의 걸음걸이라고요.

무릎으로 걸어보신 적이 있으신가요? 무릎으로 걷는 일은 기도할 때만 가능한 일인데요. 무릎으로 피먼지를 닦아내는 일이 평화의 걸음걸이라는 시인의 말에, 우리가 일상에서 외치고 나누는 평화가 얼마나 어설픈 허투루 일이었는지 실감이 납니다. 우리는 평화를 말로만, 겉껍데기로만 말했지, 실상 평화를 실천하는 일에는 조금도 마음을 쏟지 않았다는 것을요. 평화는 그냥 오지 않습니다. '평화를 지킵시다' 혹은 '평화를 원합니다'는 말만으로 오는 것이 아닙니다.

평화는 저마다 무릎걸음으로 피먼지를 닦는 기도, 구체적인 실천의 행위 속에서 간신히 지켜지는 어떤 것입니다. 형제들끼리 총구를 겨눈 비극이 일어난 6월이었습니다. 벌써 73년 전의 일이지요. 사람으로 치면 한 생애에 가까운 세월이 흘렀지만, 이 땅의 슬픈 역사에 평화는 아직 깃들지 못했습니다. 보릿고개를 해결하고 먹고살 만한 나라를 만드느라 온 힘을 쏟아온 우리지만, 지금 우리에겐 평화가 없습니다. 평화가 아닌 혐오의 말들이 난무하고, 공존이 아닌 경쟁의 논리가 아직도 이어지고 있습니다.

하지만 그래도 무릎걸음의 피먼지로 기도하는 분들이 계셨고 힘없는 두 손으로 촛불을 들었습니다. 무수한 염원들이 모여서 번번이 위기를 뚫고 한 걸음 더 걸어 지금까지 전진해 왔습니다. 증오와 혐오가 아니라 서로 달래고 어루만지는 일. 상처 입고 소외받은 이 땅의 보이지 않는 목소리들에 귀 기울이는 일. 젖은 자리에서 힘없이 살아가는 이들을 살피는 일. 권력이 아닌 아무것도 아닌 자들에게 손을 뻗는 일.

이 모든 일들이 평화의 걸음걸이입니다.

전쟁이 끝난 황폐한 땅에서 성장과 경쟁에만 매몰되어 온 우리의 지난날을 돌아봅니다. 조금 천천히 가더라도, 단단한 평화를 만들어야 합니다. 평화 없이는 모든 성취도 모든 문명도 다만 신기루에 불과합니다. 평화롭던 일상이, 가장 찬란한 문명이 전쟁과 폭격으로 한순간에 무너지는 것을 세계 도처에서 봅니다.

전쟁을 멈추고 살아온 70년의 시간 동안 전쟁은 먼 나라의 일이 아니라 우리에게 지속되는 일상인데, 우리는 아직 평화의 걸음을 익히지 못했습니다. 평화는 증오와 울분으로 장전된 총구를 겨눔으로써가 아니라 총구를 거두어 손을 맞잡는 데서 시작합니다. 개성공단에서 남과 북의 노동자들이 함께 일하고, 북한의 영문학자와 함께 인문학이 만들어나갈 새로운 전망을 우리가 언제 이야기할 수 있을까요? 새로운 날, 새로운 시작을 희망하는 이 글이 다만 꿈이 아니길, 다시 또 함께 기도처럼 걸어갈 길, 평화의 새 길을 그려봅니다.

살아남은
자의
슬픔

브레히트의 슬픔

살아남은 자의 부끄러움이
정말로 부끄러운 수치가 되지 않으려면
우리는 늘 깨어서 환한 눈으로 살펴야 합니다.

물론 나는 알고 있다. 오직 운이 좋았던 덕택에
나는 그 많은 친구들보다 오래 살아남았다.
그러나 지난 밤 꿈속에서
이 친구들이 나에 대해 이야기하는 소리가 들려왔다.
"강한 자는 살아남는다."
그러자 나는 자신이 미워졌다.
— 베르톨트 브레히트, 「살아남은 자의 슬픔」에서

20세기 독일을 대표하는 작가 브레히트. 히틀러와 나치의 탄압을 피해 여러 나라를 망명했던 극작가이자 시인 브레히트(Bertolt Brecht, 1898~1956)의 대표작 「살아남은 자의 슬픔」.

이 시를 고르며 여러 번 망설였습니다. 환하고 밝은 시가 주는 기쁨 대신 이처럼 덤덤한 목소리 속에 신랄한 자기 반성을 담은 시를 되새겨야 하는 이유. 살아가는 생의 환희 대신, 살아남은 자의 부끄러움을 돌아보는 목소리. 긴 시간, 여러 무늬의 아픔들, 일찍 저버린 꽃들이 빠르게 스쳐 지나갑니다.

그러고 보니 1980년대 우리나라에서는 이 시의 제목을 따서 만든 책이 금서가 되기도 했습니다. 1988년에야 금서 목록에서 해제되었지요. 시인은 나치 치하를 통과한 지식인으로서의 자의식을 이야기하지만, 우리나라에서도 독재와 민주화 투쟁을 거쳐 오면서 힘겨운 시절을 통과한 젊음들이 이 시를 많이 읊조리곤 했습니다. 역사 속에서 희생된 이들에 대한 미안함과 죄의식은, 시절이 변했다고는 하지만 또 하나도 변하지 않는 인간사 세태의 여러 모습들 속에 선연이 자리합니다.

시인은 이 시를 지극한 슬픔 속에서 썼을 것 같습니다. 1933년에 독일에서 우파 정당이 집권하고 히틀러를 앞세운 독일은 20세기 역사의 크나큰 비극이 된 유대인 대학살을 감행했는데요. 그 끔찍했던 시절을 돌아보니 살아남은 자신이 대견하기는커녕 미워졌노라고 시인은 고백합니다.

베르톨트 브레히트

뮌헨대학교에서 의학을 공부했기에 여느 평범한 시절이었으면 의사로 아픈 이들을 고치며 평생을 살았을 시인은, 1차 세계대전을 겪고 난 후에 극작가이자 시인으로 자신의 길을 수정하게 됩니다. 극우파가 집권한 독일에서 사회주의 리얼리즘의 의식을 지닌 작가로서 부르주아 계급의 속물성을 신랄하게 비판한 시인은 결국 나치 정권을 피해 미국으로 망명했는데, 2차 세계대전 이후 미국 또한 매카시즘의 광풍이 불자 다시 망명, 여러 나라를 전전하며 작품 활동을 계속합니다.

브레히트 작품 가운데 가장 널리 알려진 이 시는 일종의 아픈 고백입니다. 이 아픈 고백이 시인 자신의 고유한 경험에서 비롯된 것이지만, 우리 또한 이 시를 읽다 보면 살아남은 자로서 역사 속에서 희생된 친구들에게 큰 빚이 있음을 문득 알게 됩니다. 물론 우리는 시인에 비해서 미안함을 덜 느끼는 살아남은 자일지 모르겠습니다. 살아남았다는 사실이 그저 대견하고 기쁘고, 하루하루 다시 또 다른 전쟁 같은 일상에서 살아남기 위해서 그저 다시 또 허덕허덕 매일을 사는 우리는 살아남은 자, 그런데 무지몽매하게 살아남은 자입니다.

저는 지금 슬픔을 억누르며 이 글을 쓰고 있습니다. 이 슬픔은 여러 겹의 슬픔인데요. 가르치는 학생이 척추암으로 하반신마비가 와서 곧 수술을 앞두고 있다는 소식을 며칠 전에 들었습니다. 재능 많고 꿈 많은 이십 대 청년입니다. 그 아이에게 갑작스레 닥친 불행을 어떻게 해석해야 할지 모르겠습니다.

저 곧 죽어요? 하는 아이에게, 지금부터는 마음 단단히 먹고 오로지 앞에 있는 것만 잘 헤아려 차곡차곡 병마와 싸우라고, 다른 생각 하지 말고 네 생각만 하라고 일러주었지만, 선생으로서 어쩔 수 없는 안타까움과 슬픔이 있습니다. 안타까운 학생의 얼굴은 다시 다른 젊은이들의 얼굴과 겹쳐집니다. 군대에서 학대 받은 청년들의 얼굴입니다. 그만 마음이 서걱서걱 더 내려앉았습니다. 이 세상엔 설명할 수 없고 이해할 수 없는 슬픔도 있지만 인간이 만들고 인간이 아로새긴 악과 슬픔도 많습니다.

군대 내 학대 사건은 군대를 다녀오신 분들에겐 별로 놀랍지 않다 할 사건일지도 모릅니다. 그만큼 우리는 위계에 의한 폭력에 익숙해졌으니까요. 일상에서 권력과 권위가 있는 이들이 행하는 폭력과 멸시는 오롯이 을의 위치에 있는 이들이 받아내야 하므로 그만큼 비인격적이고 비인간적인 성격을 띱니다.

신성한 국방의 의무를 다하기 위해 입대한 청춘들입니다. 그런 젊은이들을 봉건 시대 하인처럼 부렸다니, 전자팔찌를 채워 일을 시키고 마음에 들지 않는다며 썩은 과일을 던졌다니, 이런 파렴치한이 육군 2작전사령관, 자그마치 군 서열 3위라고 합니다. 네, 그는 누구보다 잘, 끔찍이도 잘 살아남은 자입니다. 믿기지 않는 인권 유린이, 우리 사회에서 최고로 성공적으로 '살아남은' 이들에 의해서 발생합니다.

　슬픈 일은 그런 인권 유린, 소위 '갑질'을 만만하게 행하고서도 이 불법적인 행위를 반성하기는커녕 자신의 직위가 보장해 주는 당연한 권리인 줄 알고 있는 사람이 많다는 것입니다. '아들 같아서', '자식 같아서'라는 말로 포장하면서요. 늘 그렇듯, 무참함과 분노와 부끄러움은 국민의 몫입니다. 여러 해 전에 골프장 캐디를 성추행한 모 국회의장은 그에 대해 "손녀 같고 딸 같아서 등 몇 번 토닥거렸다."고 변명하기도 했지요.

　문제는 그러한 일들이 몇 개의 도드라진 사건뿐만 아니라 일상에 스며들어 있다는 사실입니다. 윗 사람에게 머리를 조아리고, 자신보다 더 힘있는 이들에게는 복종하면서 조금이라도 더 약한 사람은 대놓고 무시하고 명령하고 멸시하는 이 천박함이 사회 곳곳에 만연합니다. 그래서 사람들은 저마다 더 높은 자리에 올라가려고 기를 씁니다. 무시당하지 않기 위해서요.

하지만 인간됨의 권리는 지위 고하를 막론하고 우리가 지켜야 하는 것입니다. 살아남는다는 것은 오롯이 내 능력으로 되는 게 아닙니다. 우리가 성취한 작은 일들도 실은 따지고 보면 우리의 노력 외에 많은 경우 행운과 주변의 도움과 희생 덕분에 가능했습니다. 그래서 나는 내가 아니고 우리는 우리가 아닙니다. 나는 너이기도 하고 당신이기도 하고 우리는 너희들이기도 합니다. 이 점을 잊게 되면 이 사회는 오직 성공과 실패, 살아남는 일과 도태되는 일로 존재의 의미가 선명하게 갈리는 약육강식의 밀림, 우리는 인간이 되지 못한 슬픔에서 헤어 나올 길이 없습니다.

브레히트는 여러 나라를 전전한 망명 기간 동안에 늘 고국으로 돌아갈 마음의 준비를 잊지 않기 위해서 "벽에다 못을 박지 말자. 저고리는 의자 위에 걸쳐 놓자. 무엇 때문에 나흘씩이나 머무를 준비를 하느냐? 너는 내일이면 돌아갈 것이다."며 마음을 다잡았다고 합니다. 자칫 망명에 안주하면서 살게 될지도 모를 자신의 마음을 다잡은 것입니다. 역사 속에서 희생된 친구들의 얼굴을 떠올리며, 자신의 살아남음에 대해 부끄러움을 느꼈던 시인은 그러한 자각 위에서 떠도는 자의 윤리, 살아남은 자의 윤리를 글로 썼던 것입니다.

우리는 어떠한가요? 작은 승리에 쉽게 도취되고 작은 성취에 쉽게 오만해지고 작은 실패에 금방 주눅이 들고, 늘 비교하고, 늘 지위 고하를 따져서 계산하고 그에 따라 행동하는 우리는 혹 정직하게 가져야 할 자긍심도, 윤리적으로 온당하게 느껴야 할 부끄러움도 다 밀쳐두고 살아가는 건 아닌지요.

아픔은 왜 늘 약하고 힘없는 자들의 것일까요? 살아남은 자의 건강한 부끄러움이 힘없는 자의 희생과 눈물과 슬픔을 함께 떠안을 수 있습니다. 그래서 오늘도 선물처럼 주어진 하루 속에서 우리 스스로를 잘 돌보아야 하는 일은, 뒤에 처진 이들을 같이 살펴야 하는 숙제와 겹으로 옵니다.

살아남은 자의 부끄러움이 정말로 부끄러운 수치가 되지 않으려면 우리는 늘 깨어서 환한 눈으로 살펴야 합니다. 정당한 권력의 행사가 혹 타인의 상처를 먹고 이루어지는 것은 아닌지, 다시 보고 또 봐야 합니다. 반성만이 살아 있는 자를 진정 살아 있게 하고, 살아남은 자를 덜 부끄럽게 합니다.

손들은
흘릴
눈물이
없다

토마스가 관찰한 손

사람의 마음은 알 길이 없지만
손은 발과 마찬가지로
가장 정직한 행위의 도구입니다.

그 문서에 서명한 손이 한 도시를 무너뜨렸다.
통치자의 다섯 손가락이 숨결에 세금을 매기고
죽은 자의 세상을 두 배로 늘리고 나라를 반토막냈다.
이 다섯 명의 왕들이 한 왕을 죽게 했다.

강력한 손은 구부정한 어깨로 이어지고,
손가락 마디들이 분필로 경련을 일으킨다.
거위깃털 펜이 회담 끝낸
살인에 끝장을 냈다.

조약에 서명한 손이 열병을 키우고,
기근이 번성하고, 메뚜기 떼가 왔다.

휘갈겨 쓴 이름으로 사람들 위에
군림하는 손은 대단할지니.

다섯 왕이 죽은 자의 수를 세지만 딱지 앉은 상처를
부드럽게 하지도, 이마를 쓰다듬지도 못한다.
하나의 손이 천상을 다스리듯 연민을 다스리니
손들은 흘릴 눈물이 없다.
— 딜런 토마스, 「그 문서에 서명한 손」에서

'유전무죄, 무전유죄'라는 말이 생각났던 어느 날 이 시를 떠올렸습니다. 같은 죄를 짓더라도 돈이 있으면, 권력이 있으면, 든든한 배후가 있으면 벌을 가벼이 받고 심지어 무죄로 풀려나지만, 돈도 배경도 없고 도와주는 이도 없다면 무거운 벌을 받는 상황을 비트는 말이지요. 이 말은 올바른 정의가 이루어지지 않는 사회를 빗대는 말인데도 불구하고 우리나라의 경우 80퍼센트가 넘는 국민이 이 말에 동의한다고 합니다. 우리 사회의 슬픈 초상화라고 할 수 있겠네요.
이 조사도 십여 년 전의 조사이고 보면 그 이후엔 소위 '적폐'라고 하는 관습이 더 굳어진 세월이었으니, 그동안 사법부와 검찰에 대한 국민들의 시선이 좋아졌을 리 만무합니다.

최근에는 법을 정의롭게 적용하는지에 대한 회의가 깊어진 나머지 '법비(法匪)'라는 말이 나올 정도입니다. 법이 모든 이에게 공평하게 적용된다는 믿음도 없다 보니 급기야 판결을 차라리 인공지능에 맡기는 게 더 나을 거라는 말도 합니다.

이러한 때, 영국 시인 딜런 토머스(Dylan M. Thomas, 1914~1953)의 시 「그 문서에 서명한 손」을 읽으며 손과 문서, 일의 관계를 생각해 봅니다. 딜런 토머스는 영국 웨일스 출신의 시인으로 영미권에서 꽤 유명한 시인임에도 한국에 폭넓게 소개되진 않은 것 같습니다. 노벨문학상을 탄 가수 밥 딜런이 딜런 토머스를 좋아해서 로버트 앨런 지머맨(Robert Allen Zimmerman)이라는 원래 이름을 버리고 개명했다는 이야기도 있지요. 물론 이에 대한 설은 분분하지만요.

영화 「인터스텔라」에는 딜런 토머스의 시 「그 좋은 밤으로 쉽게 들어가지 마세요(Do Not Go Gentle into That Good Night)」가 등장합니다. 영화에서 여러 번 암송되면서 제법 유명해져 그 영화를 통해 시인을 알게 되었다는 학생들도 있었습니다. 이 시는 원래 임종을 앞둔 아버지를 위해 지었다고 하는데, 운명에 굴하지 않는 의지를 노래하는 시로 많은 사랑을 받았지요.

막상 시인은 그 시를 쓴 2년 후인 1953년, 서른아홉 살의 생일을 지난 직후에 숨을 거둡니다. 시인은 자기 시를 적극적으로 알리기 위해 시 낭독 행사에 많이 참여했고, 그때도 영국과 미국을 오가며 활발히 활동하던 때였지요. 당시 뉴욕은 지독한 스모그로 사람들이 많이 죽어 나가던 시기여서 과음이다 과로다 하며 시인의 때 이른 애석한 죽음에 분분한 해석이 있었습니다. 서른아홉 살은 한 명민한 시인이 세상과 작별하기엔 너무 이른 나이니까요.

「그 문서에 서명한 손」은 때마침 우리 시대의 이면을 비추면서 법과 통치의 기술에 대해 생각할 거리를 주는 시입니다. 시인은 "그 문서에 서명한 손이 한 도시를 무너뜨렸다."고 합니다. 이 손은 세상을 다스리는 사람의 손. 세상을 다스리는 손은 도시를 세워야 마땅할 것인데 도시를 무너뜨린다니, 통치자는 세금을 잘 부과하고 잘 운영해야 하는데 이 시 속의 통치자는 그러지 않나 봅니다. "죽은 자의 세상을 두 배로 늘리고 나라를 반토막냈다."고 하니까요.

게다가 다섯 명의 왕이 한 왕을 죽게 했다니, 왕들 사이의 관계도 만만치 않습니다. 여러 나라의 비밀협약으로 한 나라가 송두리째 망하는 상황이 발생하기도 하지요. 우리나라도 늘 전쟁의 긴장감 속에 있으니 우리나라의 운명이 다른 나라에 좌우되는 비극의 가능성을 안은 채 지혜를 모색

해야 합니다.

　문서에 서명하는 손, 조약에 서명하는 손은 강력한 손입니다. 그래서 그 힘센 손은 건강하고 정의로운 마음을 가져야 합니다. 하지만 이 시에 등장하는 그 강력한 손은 불행히도 건강한 손이 아니어서 사람들을 구하지도 못하고 열병을 키우고 기근이 번성합니다. 그래도 시인은 조약에 서명하는 손은 군림하는 손이라 대대하다고 합니다.

　시인은 대단함의 의미를 비틀어, 문서에 서명하는 힘있는 손이 실은 해야 할 일을 제대로 하지 못하고 세상을 망치고 있는 현실을 고발합니다. 우리나라의 슬픈 현대사에도 우리가 세운 통치자가 많은 경우 나라를 구하기보다는 나라를 갈라놓고 큰 대의가 아닌 자기만의 이익을 쫓았습니다. 문서에 서명하는 손을 나쁜 통치의 기술로 사용했고, 나쁜 통치의 방식은 아주 빠른 속도로 위에서 아래로 전염되었지요. 그리하여 온갖 날림과 속임의 통치, 불의와 협잡의 법칙이 우리 사회에 만연하게 되었습니다.

　시는 마지막까지 아픕니다. 죽은 자의 수를 세는 그 힘있는 손은 상처를 부드럽게 하지도 못하고 죽은 자의 이마를 쓰다듬지도 못합니다. 연민은 다스리는 것이 아닌데, 연민이 다스려지는 세상에 손들은 흘릴 눈물이 없습니다. 흘릴 눈물이 없다는 것은 동정과 연민을 모른다는 말, 연민을 모르는 이는 사람살이의 아픔을 헤아리지 못하겠지요. 문서에 서명하는 결정권자가 사람살이의 깊은 뜻을 헤아리지 못함으로써 생기는 비극은 크고 또 깊습니다.

정의를 세워야 할 법의 운용에 사람들이 계속 실망하고 우리나라에 '유전무죄 무전유죄'라는 말이 반박할 수 없는 사회적 정서가 되어버린 것도 바로 그처럼 문서에 서명하는 손에 눈물이 없기 때문입니다. 연민이 없기 때문입니다. 오직 권력을 향한 의지와 허명에 대한 집착만 있기 때문에 바른 판결을 내리지 못하고 눈치를 봅니다.

대기업의 총수, 재벌들은 어마어마한 돈을 유용하고도 법망을 피해 빠져나오고 고위직에 있는 판사들이나 검찰 고위직은 서로서로 봐주기를 하며 불법을 적당히 눈감아줍니다. 굶주림 때문에 일당 몇 만 원을 훔치고서 긴 세월 감옥에 있어야 하는 사람들, 성추행을 당하고도 신고조차 하지 못하는 이들은 또 얼마나 많은가요.

2018년 어느 SNS에 「반박성명 발표한 대법관 13인에게 고함」이라는 시가 올라온 적 있습니다. 이 시에는 빵 한 조각 훔친 아이는 징역을 보내고 수백억 갈취한 파렴치범은 집으로 돌려보내는 우리 사회의 아픈 현실이 적나라하게 그려집니다. 분노의 힘으로 단번에 시를 썼다는 김주대 시인은 유전무죄, 무전유죄의 시절을 사는 보통 사람들의 심정을 대변하여 "우리는 농사 전문가, 기계 전문가, 노동 전문가, 알바 전문가, 예술 전문가, 장사 전문가, 사무 전문가, 택시 전문가, 버스 전문가, 서비스 전문가"라며 못 배운 사람들이 법 전문가에게 잘하기를 기대하고 법의 칼을 쥐어주었더니 그 기대를 배반하는 현실을 신랄하게 고발합니다.

배운 게 없는 사람들이 그들을 대신하여 똥을 치워주고 쓰레기를 치워주고 발자국을 지워주었다면, 헌법과 법률에 따라 양심껏 잘 심판해야 할 텐데 무얼 하고 있느냐는 질문. 보통 사람들이 언 땅에서 일하고 야간근무를 하고 공사장에서 떨어져 죽었는데, 법의 칼을 쥔 사람들아, 제발 정신 차리라는 일갈이 서늘합니다. 법의 주인은 법의 칼을 쥔 사람들이 아니고 세금을 충실히 내고 충실히 일하는 우리라는 말. 그 말은 법을 집행하고 다스리는 통치자와 다스림을 받는 이들의 위계를 시원하게 바로잡습니다.

법을 잘 지휘해야 할 사람들이 법을 이용하여 도적이 된 현실을 아프게 꼬집는 시가 많은 사람들의 호응을 얻은 현실은, 우리 사회에서 '문서에 서명하는 손'이 그동안 얼마나 정의롭지 못했는지를 방증합니다. 천문학적 규모의 탈세와 비정상적인 세습을 하고도 재벌들은 법망을 교묘히 빠져나오고, 국가의 법이 한 개인의 사리사욕을 위해 동원되는 것. 지금에 와서야 수면에 떠오르는 일들, 수면에 떠올랐으나 처리되지 못하는 일들, 너무 많습니다. 정치적인 싸움의 희생양으로 죄 없는 이들이 필요 이상의 벌을 받기도 하는 등, 불의의 늪은 여전히 깊습니다.

자판을 두드리는 손을 가만히 들여다봅니다. 사람의 마음은 알 길이 없지만 손은 발과 마찬가지로 가장 정직한 행위의 도구입니다. 이 손이 무엇을 행하는지, 무엇을 닦고 무엇을 훔치는지, 무엇에 서명을 하고 무엇에 손을 내미는지. 가진 것 없는 이들의 몫을 빼앗고 큰 불의를 행한 사람을 제대로 벌주지 않고 비밀리에 교활한 불의를 돕고 있는 것은 아닌지 돌아봅니다. 부정하고 불의한 손이 힘을 가진 사회에서는 너무 많은 죽음들과 너무 많은 눈물이 생겨나지요. 딱지 앉은 상처 또한 낫지 않을 것입니다. 정갈한 기도처럼 문서에 제대로 서명하는 올곧은 양심의 손이 더 많아질 우리 사회, 꿈은 아니겠지요?

보이지 않는
나라를
찾아서

마종기의 '사랑의 나라'

안 보이는 사랑의 나라를 믿는
안 보이는 사람들이 선대의 강물 속에서 깨어날 때,
긴 슬픔은 희망이 될 것입니다.

2 기해년(己亥年)의 강(江)

슬픔은 살과 피에서 흘러 나온다.
기해(己亥) 순교(殉敎) 복자(福者) 최창흡

이 고장의 바람은 어두운 강(江) 밑에서 자라고
이 고장의 살과 피는 바람이 끌고 가는
  방향(方向)이다.
서소문(西小門) 밖, 새남터에 터지는 피 강(江)물
  이루고
탈수(脫水)된 영혼은 선대(先代)의 강(江)물 속에서
  깨어난다.

안 보이는 나라를 믿는 안 보이는 사람들.

희광이야,* 두 눈 뜬 희광이야,
19세기 조선의 미친 희광이야,
눈 감아라, 목 떨어진다, 눈 떨어진다.
오래 사는 강(江)은 향기 없는 강(江)
참수(斬首)한 머리에 떨어지는 빗물 소리는
한 나라의 길고 긴 슬픔이다.

　　　　　　　　　— 마종기, 「안 보이는 사랑의 나라」에서

　1980년에 출판된 마종기 시인의 시집 『안 보이는 사랑의 나라』는 이산(離散)의 삶을 사는 자의 회한과 쓸쓸함, 고국에 두고 온 추억과 그리움이 짙게 배어 있습니다. 시집의 표제시 「안 보이는 사랑의 나라」는 크게 세 부분으로 나뉘어 있는데, 이 글에 소개된 부분은 2부에 해당됩니다.
　1부에서는 「옥저의 삼베」라는 소제목으로 중학교 국사 시간에 배운 동해 함경도 땅 옥저(沃沮)라는 작은 나라에 대

---

* 　희광이: 하회 별신굿 탈놀이에 나오는 백정의 탈. 또는 한장군놀이에서 얼굴에 검은 칠을 하고 패랭이를 쓰고 칼을 가지고 나오는 인물.

해 이야기하고 있지요. 조랑말 뒷등에 삼베를 말아 걸고 외로이 혼자서 영문도 모른 채 어떤 새로운 운명을 맞는 아이에 대한 이야기. 시인은 비릿한 삼베 묶음에 얼굴을 파묻고 울음을 참던 기억을 전생처럼 떠올립니다.

삼베옷을 입은 옥저 사람의 기억은 2부에 와서 믿음을 위해 목숨을 바치는 순교자의 이야기로 바뀌는데요, 지금 소개한 시가 그 부분입니다. "슬픔은 살과 피에서 흘러 나온다"는 말로 시인은 기해박해에서 숨진 분들의 구체적인 몸과 마음을 우리에게 끌어옵니다. 이분들은 안 보이는 사랑의 나라를 믿었기에, 죽어 안 보이는 사람들이 되었습니다.

"눈 감아라, 목 떨어진다, 눈 떨어진다." 19세기 조선의 미친 희광이가 휘두른 칼에 참수된 머리. 보이지 않는 사랑의 나라를 믿어 안 보이는 사람이 된 이야기는 기해년 순교자들만의 이야기가 아닙니다. 참수당한 머리에 떨어지는 빗물 소리는 시가 끌어낸 그 먼 옛날이야기가 아닙니다. 지금 시대에도 우리는 수많은 참수의 비극과 긴 슬픔을 겪고 있으니까요.

한 사회의 선진성은 약자에 대한 보살핌과 슬픔에 대한 애도의 태도 정도로 가늠할 수 있는데, 그 점에서 우리 사회는 한참 뒤떨어진 사회입니다. 약자들이 제대로 대우받지 못하고 열심히 공부하고 일하던 사람들이 죽어나갑니다. 준비되지 않은 죽음으로요.

해고에 맞서 싸우던 이들이 죽고, 홀로 굶주리던 이가 죽고, 차별에 맞서던 이들이 죽고, 꿈을 키워가던 젊은이가 죽습니다. 위태로운 사회의 보이지 않는 사람들을 위해서 평생 두 벌의 양복과 낡은 구두로 헌신한 이는 싸움의 최전선에서 가장 위급한 순간에 지혜로운 유머로 우리를 어루만졌지만, 막상 자신을 용서하지 못하고 먼 길을 떠났습니다.

목숨보다 더 소중한 것은 아무것도 없습니다. 그 빈자리를 아프게 바라보며 우리는 뒤늦게 깨닫게 됩니다. 대기업과 공권력과 자본에 맞서 몫이 없는 이들을 위해 싸운 그의 길이 얼마나 고독했는지. 그는 부정한 세계와 맞서 싸웠지만 실은 자기 자신과 가장 힘겨운 싸움을 하고 있었고 자기를 버리는 방식으로 자신이 믿은 가치를 구하고자 했지만 그건 우리를 더 아프게 합니다.

죽음조차도 조롱하는 이 극악한 사회에서 당장에 만지고 확인할 수는 없지만 반드시 있다고 믿는 안 보이는 사랑의 나라를 만들려고 했던 이, 그 구극의 나라를 현실에서 앞당기기 위해 그는 모든 것을 걸었고 그 사랑과 정의의 험로를 우리는 미처 다 알지 못하기에 여전히 애통합니다.

시인은 "오래 사는 강은 향기 없는 강"이라 말합니다. 제 명대로 오래살지 못하고 예상치 못한 시간에 뚝 거두어 져서 단박에 사라지는 실존의 방식을 택한 어떤 아픈 죽음 앞에서 우리는 선뜻 답을 찾을 수 없습니다. 이 죽음이 여전 히 가당치 않습니다. 도무지 인정하고 싶지 않은 죽음은 무 엇으로도 존재 가치를 대신할 수 없는 큰 상실입니다. 그 죽 음 앞에서 모두가 슬퍼하며 애도하는 것은, 그가 바로 안 보 이는 사랑과 정의와 평등, 평화의 나라를 어떻게든 이 지상 에서 앞당겨 나타나게 하려고 자신의 온 생을 바쳤기 때문 일 것입니다.

모든 덕 중에서도 가장 으뜸이 되는 것은 정의다. 세상 사람 들은 흔히 용감한 사람을 존경하고 지혜로운 사람에게 감탄 하지만, 정의로운 사람에게는 이 외에도 사랑과 신뢰를 바친 다. 사람들은 뻔뻔한 사람을 두려워하고, 영악한 사람을 믿 지 않는다. 용기와 지혜는 사람이 타고나는 성품에 속하지 만, 정의는 그 사람의 의지로 만들어진다. 그러므로 자신의 의지로 정의를 선택한 사람은, 부정한 것은 결코 용납할 수 없는 죄악이라고 생각하며 혐오하는 법이다.

고대 그리스의 철학가 플루타르코스의 『영웅전』에 나오는 말입니다. 자신의 의지로 정의를 선택하는 이에게는 부정한 것이 용납할 수 없는 죄악이기에 죄의 크고 작은 질량은 큰 의미가 없나 봅니다.

하버드대학교에서 30년 넘게 가르친 경험을 토대로 '정의론'을 이야기하는 마이클 샌델(Michael Sandel) 교수가 떠오릅니다. 그가 쓴 『정의란 무엇인가』는 한동안 우리 사회의 베스트셀러가 되었지요. 막상 읽어보면 쉽게 읽히지 않는 책이건만 왜 저마다 이 책을 살까 싶었는데, 불의가 만연한 사회에서 정의에 대한 우리의 목마름이 그만큼 크기 때문이라고 해석했습니다.

샌델에 따르면, 정의란 미덕을 키우고 공동선을 고민하는 것입니다. 샌델은 여러 철학자들의 정의론을 가닥을 나누어 설명하는데, 예를 들어 칸트(Immanuel Kant)의 경우는 존엄한 인간의 자유, 무조건적인 정언명령과 같은 보편적인 동기를 중시했습니다. 존 롤스(John Rawls)는 분배의 관점에서 정의를 바라보는데, 불평등한 세상에서 불평등을 최소화할 수 있는 방법을 고민하는 것이 정의라고 합니다. 한편 아리스토텔레스는 '텔로스(Telos)'(목적, 목표, 본질)를 이야기하지요. 세상 만물에는 텔로스가 있는데, 그 각각의 텔로스를 충

족시키는 것이 바로 정의라는 것이지요.

칸트와 롤스가 자유주의자로서 중립적인 정의론을 주장했다면, 샌델은 정의에 있어 100퍼센트 중립은 불가능함을 강조하면서 연대의 원칙을 내세웁니다. 샌델에 따르면, 새로운 정의사회는 시민의식과 희생, 그리고 봉사정신이 필요합니다. 나아가 오늘날 신자유주의적 자본주의가 맹신하는 시장경제의 도덕적 한계를 인정할 필요가 있습니다.

공공의 영역까지 시장경제가 침투되어 이윤만 추구하다 보니 그 부작용이 심각해졌기 때문이지요. 무한경쟁 사회에서 각자도생의 길을 걸으며 고립된 인간들은 파편화된 분자로 남아 불평등과 불의에 희생되기 마련입니다. 그래서 샌델의 정의론은 불평등을 극복하기 위해 연대를 실천하는 시민의 미덕을 강조합니다.

나아가 샌델은 도덕에 개입하는 정치의 힘을 강조합니다. 중립에 대한 결벽증을 내세우지 말고 정치가 적극적으로 도덕에 개입하여 사람들 사이의 올바른 합의를 이끌어야 한다는 것이지요. 샌델의 정의론은 결국 우리가 기댈 정의로운 사회의 마지막 보루는 개인의 신념과 가치를 함께 나누는 일이 중요함을, 결국 정의의 실현은 공동선의 추구라는 것을 강조합니다. 그의 정의론을 교회의 가르침에 빗대어 설명하면, 정의 안에 사랑이 있고 사랑 안에 정의가 있는 것, 그 시작과 끝에 시민들의 연대와 나눔이 있습니다.

앞의 시, 마지막 3부는 '대화'라는 제목으로 아버지와 아들의 대화가 생생하게 그려집니다. 아들이 묻습니다. "아빠는 그럼 사랑을 기억하려고 시를 쓴 거야?" 아버지가 답합니다. "어두워서 불을 켜려고 썼지." 시를 하나의 등불 삼아 시를 쓴 시인에게도 그 등불은 자꾸만 꺼져서 자주 어두워집니다.

아들이 다시 묻습니다. 아빠가 사랑하는 나라가 보이냐고. 그 먼 나라가 보이냐고. 아버지는 대답합니다. 등불이 있어서 보인다고. 아들의 말이 의미심장합니다. "아빠, 갔다가 꼭 돌아와요. 아빠가 찾던 것은 아마 없을지도 몰라. 그렇지만 꼭 찾아보세요. 그래서 아빠, 더 이상 헤매지 마세요." 시의 말미에, 밤새 내리던 눈이 그치고 시인은 다시 길을 떠납니다. 쌓이고 쌓인 눈으로 발자국을 찾을 수 없지만, 그래도 쓰러지기 전에 길을 떠나는 것으로 시가 끝납니다.

그가 추구한 정의와 사랑의 나라는 아직 요원하기에 우리 각자는 "맹물이 되어 쓰러지기 전에" 다시 일어나 길을 떠나리란 다짐을 합니다. 그 길은 희광이의 칼에 쓰러지는 죽음이 아니라, 우리가 손을 맞잡고 다시 걷는 새로운 출발과 함께 비로소 시작할 수 있습니다. 안 보이는 사랑의 나라를 믿는 안 보이는 사람들이 선대의 강물 속에서 깨어날 때, 긴 슬픔은 희망이 될 것입니다.

예쁜
이름에
가려진
무관심

송재학이 만난 난민

삶과 죽음, 주인과 손님은 늘 함께 있습니다.
야윈 소녀의 뼈는 바로 나의 뼈,
그 글썽임은 바로 나의 글썽임이기도 합니다.

자신의 뼈와 이렇게 밀착해 본 적 있니?
하긴 가슴팍에서 삐죽하니
밖으로 튀어나온 뼈를 보았다
그건 내 늑골이기에 아프기만 했다
수척해진 소녀를 안자마자
사람이 아니라 뼈가,
견갑골로 모이는 소녀의 모든 뼈들의,
날것의 초점이 만져진다
내 뼈조차 덜커덕거리며 같이 여윈다
한 소녀를 안으니 몇 만 개의 뼈가 글썽거린다

                                 — 송재학,「난민」에서

제주, 람페두사, 그리고 천사. 이번 글은 퀴즈로 시작해 볼까 합니다. 이 세 단어의 공통점은 무엇일까요? 앞의 두 단어는 지명인 것 같은데, 뒤의 한 단어는 천사라니, 천사는 뭐지? 지금 고개를 갸웃하실 분들 꽤 많으시겠지요. 이분들을 위해서라도 궁금증을 빨리 풀어드려야겠지요?

이 세 단어의 공통점은 섬 이름이라는 것입니다. 제주는 제주도. 람페두사 섬은 지중해 시칠리아 해협에 있는 섬이고, 천사섬은 바로 샌프란시스코 앞바다에 있는 앤젤아일랜드랍니다. 모두 물색이 유난히 아름다운 바다를 앞에 둔 섬들입니다. 세 섬을 한 군데 모은 이유가 무엇일까요?

지중해의 바다는 아름다운 코발트빛입니다. 그 아름다운 바다가 나날이 셀 수 없는 무수한 죽음들이 밀려드는 비극의 길목이 된 지 꽤 오래되었습니다. 이탈리아 최남단 섬 람페두사 앞바다는 아프리카에서 유럽으로 향하는 첫 관문에 해당합니다. 내전과 가난을 피해 북아프리카의 항구로 몰려온 난민들이 바다를 건너다가 해마다 몇천 명씩 목숨을 잃는 비극의 바다가 바로 람페두사 앞 시칠리아 해협입니다. 난민을 실은 배가 전복되어 한꺼번에 700여 명이 숨지는 대참사가 발생하기도 했지만 목숨을 건 항해는 지금도 계속되고 있지요.

2013년 7월, 프란치스코 교황의 첫 방문지로 이탈리아 최남단 람페두사 섬을 선택한 것은 북아프리카 불법 이민자들의 밀항지로 잘 알려진 이 섬에 대한 국제적인 관심을 모으기 위해서였지요. 난민을 외면하는 전 세계인들의 마비된 양심을 일깨우기 위해 교황께서는 불법이민자 수용소에서 미사를 집전하셨는데요. 지중해 난민 위기의 심각성을 세계에 알리면서 난민에 대한 형제애를 호소하신 지 여러 해가 지났지만 여전히 난민 문제는 전 세계의 아픔이고 고민입니다.

람페두사 섬에 대한 뉴스를 들을 때만 하더라도 약자를 헤아리는 교황의 의지에 탄복하고 지지했는데, 그게 아마 우리와는 거리가 먼 현실이어서 그랬나봅니다. 터키 해변에서 엎드려 누운 채 주검으로 발견된 세 살 꼬마 아이 쿠르디의 사진을 뉴스에서 보고서도 우리는 시리아 난민의 심각성과 그들에게 닥친 비극을 어느 먼 나라 이야기인 듯 스치듯 보고 탄식하고는 금방 잊었지요. 그러다 2018년에 예멘 난민 500여 명이 제주도에 도착하면서 사람들이 우리 사회의 안전을 위협할 것이라는 걱정으로 추방운동과 난민 반대 청원을 벌이는 상황에 이르러서야 비로소 우리도 난민 문제를 남의 일이 아닌 바로 우리 자신의 일로 바라보기 시작했습니다.

람페두사 섬의 「유럽의 관문」

난민에 대한 법적 규정이나 정책적인 문제를 풀어가는 것은 정부의 몫이겠지만, 난민을 바라보는 시각에 관한 한 이들을 무조건 배척하는 것이 올바른 답은 아닐 것입니다. 천주교 제주교구장을 지내신 강우일 주교님께서 난민과 이주민에 대한 배척이 "인간의 도리에 대한 범죄"라며 난민을 포용할 것을 호소한 것도 그런 맥락이겠지요. 교황 주일을 맞아 발표하신 서한에서 강 주교님은 예멘 내전으로 제주에 들어온 난민에 대한 사람들의 반응을 말씀하시며 우리의 아픈 역사를 돌아보라고 하셨지요. 난민 문제가 어제오늘의 일도 아니고 세계 역사에서 항상 있었던 일임을, 더욱이 우리가 그 문제에서 결코 동떨어져 있을 수 없음을 일깨우는 말씀이었지요.

이번 시는 바로 그 난민에 대한 시인데, 난민을 그냥 뉴스의 대상으로 바라보는 것이 아니라 가장 직접적으로 안아보는 몸과 몸의 접촉 행위, 그 느낌에 대한 시입니다. 사전적으로 난민은 두 가지 다른 의미가 있는데, "전쟁이나 재난 따위를 당하여 곤경에 빠진 백성" 혹은 "가난하여 생활이 어려운 사람"을 일컫는 난민(難民)과 "무리를 지어 다니며 법과 질서를 어지럽히는 백성"으로서의 난민(亂民)입니다. 우리가 흔히 난민이라고 할 때는 첫 번째 의미를 뜻하는데, 너무 쉽게 곤경에 빠진 이들을 법과 질서를 어지럽힐 가능성이 있는 사람으로 생각하여 두 뜻을 혼돈하는 것 같습니다. 난민(難民)은 난민(亂民)이 아닙니다.

시인은 아마 직접 난민 소녀를 안아 보았나 봅니다. 아무런 보호를 받지 못하고 쫓겨 다니는 신세로 제대로 먹지 못해서 바싹 야윈 소녀. 덜커덕거리는 뼈가 만져지는 소녀의 몸. "한 소녀를 안으니 몇 만 개의 뼈가 글썽거린다"는 대목에 이르러서는 눈물이 울컥합니다. 얼마나 많은 소년, 소녀가 이렇게 덜커덕거리는 뼈를 간신히 지탱하면서 목숨을 힘겹게 이어가고 있는지요.

이 사연은 어디 먼 얘기가 아니라 우리 민족이 과거 일제 치하의 조국을 떠나 난민의 고난과 설움을 짊어지며 살아온 역사를 생각하면 바로 어제 일 같기도 합니다. 아무 연고도 없는 만주로, 연해주로 떠나서 생계를 위해, 민족의 독립을 위해 투쟁하던 사람들. 여권도 없이 밀항선을 탄 사람들.

제주도가 이미 4·3이라는 대재앙의 아픔을 안고 있는 섬이고, 이를 피해 일본으로 이주한 이들도 많았고, 현재 전 세계에 흩어져 있는 우리 민족이 700만 명 정도인데 이분들의 조부모님 세대만 해도 바로 이처럼 글썽이는 뼈를 안고 삐거덕, 생을 이어갔던 난민들이었습니다. 불과 지난 세기에 말이지요.

람페두사 앞바다의 비극이 제주도에서 우리가 지금 고민하고 있는 문제와 다르지 않듯이, 우리 역사도 숱한 이산의 삶 속에서 힘겹게 이어온 역사입니다. 제주와 람페두사에 이어서 천사 이야기를 하지 않을 수 없네요. '천사섬'은 '앤젤 아일랜드(Angel Island)'라고 샌프란시스코 앞바다에 있는 섬입니다. 그 앞바다에는 오랫동안 감옥으로 사용된 앨커트래즈(Alcatraz) 섬이 있는데, 이 섬의 다른 이름이 바로 '악마섬' 즉 '디몬아일랜드(Demon Island)'예요. 죄수들을 가둔 섬이 악마섬이었다면, 그 바로 옆에 천사섬이 있어서 아무런 죄 없는 이민자들과 난민들을 수용한 곳이지요.

천사섬은 그 예쁜 이름과 다르게 너무 아픈 역사를 낳은 섬이랍니다. 20세기 초 태평양을 건너 미국에 이민 오는 사람들을 수용하던 막사가 있던 곳이었기 때문이지요. 정상적인 여권을 갖고 와도 여러 가지 이유로, 영어를 잘 못한다는 이유로, 몸이 좀 아프다는 이유로 입국이 거절당한 많은 중국인들이 가장 다수를 차지했고, 일본인들도 제법 많았다고 해요.

중국인들은 수용소의 나무 벽에 한자로 시를 새겨서 그 아픔을 후대에 남기기도 했어요. 중국이나 일본에 비해서 당

앤젤아일랜드에 도착한 이민자들(1931년)

앤젤아일랜드 이민국 심사장

시 나라 없이 떠돌던 한인들은 미국 이민국에서 비교적 후한 관용을 베풀어서 그래도 좀 쉽게 입국 허가를 받았다 하니, 그때만 하더라도 온정주의가 어느 정도 통하던 시절이었나 봅니다.

1910년 한일합방 후에 미국으로 떠난 대부분의 조선인들은 자기들이 일제의 신민임을 거부했다고 해요. 그래서 이민 조사국에서 왜 일본 여권이 없느냐, 일본의 백성이 아니냐고 묻자, 당시 스물두 살의 한 젊은이가 이렇게 대답했다네요. "나는 조선이 일본에 합병되기 전에 중국으로 떠났기 때문에 일본의 신민이 아니오." 그럼 어느 나라 국민이냐는 질문에 그는 다시 "나는 다만 나라 없는 사람일 뿐이오."라고 답했다 하네요. 다행히 운이 좋아 입국이 허락되면 미국에 자리를 잡게 되지만 운 나쁘게도 입국심사에서 운명이 엇갈려 형제 중 한 사람은 태평양 건너로 되돌아오고 한 사람은 이민자 수용소에 남아야 했던 사연도 있습니다.

20세기 그 난민의 후손들이 이제는 미국에서 어엿한 미국 시민이 되어 살고 있습니다. 21세기의 새로운 난민들을 생각합니다. "한 소녀를 안으니 몇 만 개의 뼈가 글썽"이는데, 이처럼 서로 덜커덕거리며 같이 여위는 시의 마음이 현실에서는 왜 그다지 어려운 걸까요? 이 지구별에서 같이 여위며 덜커덕 서로의 앙상한 뼈를 밀착해 안는 것 외에 다른 무엇이 가능할까요?

포옹은 살과 살이 만나는 따뜻하고 보드라운 것이 아니라 뼈와 뼈가 만나 맞부딪치는 아픈 일이란 걸 이 시를 보고 알았습니다. 한때 오갈 데 없는 난민이었던 우리가 우리를 찾아온 난민을 문전박대하면 우리는 무슨 낯으로, 무슨 자격으로 신께 자비를 구하고 복을 청할 수 있을까요? 지구촌 시대라는 말이 유행이 된 지 오래건만, 그에 맞는 성숙한 세계시민의 품성과 자질은 우리만을 위한 이기심 속에서 아직 도래하지 않은 것 같습니다.

난민과 이주민에 대한 배척과 외면은 사회적 약자에 대한 우리의 무관심을 잘 보여줍니다. 세계는 분명 운명 공동체인데, 우리는 점점 더 이웃의 아픔과 곤란에 무관심해집니다. 각자 고립의 벽을 높이 쌓고 사는 '무관심의 세계화'에 대해 교황께서도 비판하셨는데요. 오늘을 사는 우리가 이웃의 형제자매들에 대한 책임감을 상실했다고 꼬집으시며, 길가에 쓰러져 죽어가는 형제를 보면 "불쌍한 영혼이여!"라고 말만 하고 그냥 가버릴 것이라고 염려하셨지요.

무관심의 세계화에서 환대의 세계화로 나아가는 길은 쉽지 않습니다. 너무 많은 사람들이 저 일이 나하고 무슨 상관이냐며 이웃의 고통에 점점 더 무감해졌습니다. '무관심의 세계화'는 우리 모두를 무책임한 '익명의 사람들'로 만들고 소녀를 안은 몸에서 느껴지는 뼈의 고통에 눈감게 합니다. "누가 이들을 위해 울고 있는가?"라는 질문은 교황과 주교라는 특정한 분들만 던질 수 있는 질문이 아닙니다. 바로 우리 자신이 언제 어떻게 내몰릴지 모르는 인간 조건의 문제이기 때문입니다.

제주도와 람페두사 섬, 그리고 천사섬. 유난히 아름다운 바다를 품고 있는 이 세 섬이 국가와 인간됨의 문제, 이 세계에서 함께 살아가는 인간에 대한 환대를 어떻게 구현할 것인가 하는 질문을 묶어서 던지고 있습니다. 그 앞바다의 푸른빛이 수많은 청청한 목숨을 집어삼킨 잔혹한 빛이라는 걸 우리, 잊지 말아야겠습니다.

이 땅에서 자유로운 시민인 우리도 언제 어디에서 낯선 이방인이자 소수자로 살아가게 될지 모릅니다. 삶과 죽음, 주인과 손님은 늘 함께 있습니다. 야윈 소녀의 뼈는 바로 나의 뼈, 그 글썽임은 바로 나의 글썽임이기도 합니다.

3부 | **오히려**

'부끄러움'이
아름다워질 때

정근식의 '마음의 등'

내가 만나는 일상의 일들을 정성되게 하는 것,
아무런 이해 관계 없이
내가 만나는 사람들과 정성껏 교감하는 것.

노인 일자리
버스 정류장 유리창을 닦으며
몇 번 면식 있는 어눌한 아가씨와 인사를 나누고
오늘이 일하는 마지막 날이라 말하니
합장 배례를 한다
절에 다니느냐?
아니요
합장 배례는 어디서 배웠느냐?
엄마가 사월초파일에 아버지 등 달러 절에 가요
할아버지도 등 달러 절에 가요?
나는 아니 간다
등을 아니 달아요?

등은 절에 다는 것보다 마음속에 달아야지
곁에서 듣던 노인 왈
아……훌륭한 선생님이시다.
아니요 아는 것 아무것도 없습니다
나는 생각해 보았다
과연, 마음속에 어떠한 등을 달고 있는지
부끄러운 방랑인

— 정근식, 「무제」에서

과로로 몸살이 나서 꼼짝 못할 때 이 시를 만났습니다. 대개 과로는 일을 지나치게 하는 걸 의미하지만 그 과로가 몸살로 늘 이어지지는 않습니다. 몸과 마음의 긴장이 풀리고 지쳤을 때 과로가 몸살로 닥칩니다. 대학에서의 12월 초는 학생이든 선생이든 딱 일의 무게가 몸살 직전의 상황으로 내몰리는 때, 거기다 마음의 짐이든 무엇이든 가벼운 돌 하나의 무게로 뭔가가 얹어지면 몸이 그만 아프게 되는 거지요. 온 몸이 두드려 맞은 듯 아프고 지쳐 있던 오후에 이 시를 핸드폰 문자로 읽었습니다.

"아, 올해 읽은 수많은 시들 중 최고예요."라고 답했더니, 시를 보내주신 분은 "정평인지 정실 평인지 과찬인지 모르나 즐겁네." 하십니다. 저는 "정실평 아니고 정평이예요, 진짜예요."라는 말을 하트 몇 개 붙여서 보내드렸습니다. 시를 쓰신 분은 저의 아버지십니다. 저는 경상도 경주가 고향이라 아버지를 '아부지'라고 부릅니다.

"아니, 아니예요. 아부지, 시가 정말 좋아요." 제가 한 번 더 호들갑을 떨었습니다. 아부지는 기분이 나쁘지는 않으신 듯했어요. 그 시를 이 지면에 소개하는 것은, 매일 시를 읽고 시를 비평하는 전문가의 눈으로, 딸이 아닌 시의 독자로서 말씀드리는 것입니다. 저는 이 시가 딸이 아닌 시의 독자의 눈으로 보아도 참, 차암, 참 좋습니다.

시의 화자는 유리를 닦고 있습니다. 아마 거리의 버스정류장인 것 같아요. 유리창인지 유리벽인지 유리를 닦는 노인 옆에 한 아가씨가 와서 섭니다. 노인은 말을 건넵니다. 아마 같은 자리에서 마주친 적이 있는 낯이 익은 아가씨인 것 같지요? 오늘이 일하는 마지막 날이라고 합니다. 아마도 이 일이 좋은가 봅니다. 일을 마칠 때 시원섭섭하다는 말을 우리가 자주 하는데요, 독자로서 짐작컨대 시의 화자는 오늘이 마지막인 이 일에서 '시원'보다는 '섭섭'의 부피가 더 큰가 봅니다. 버스정류장 유리를 닦는 일과의 작별, 자주 보던 동네 이웃과의 작별, 그는 작별이 아쉬운가 봅니다.

그랬더니 그 어눌한 아가씨가 합장 배례를 하네요. 젊은 아가씨가 합장 배례를 하니 노인은 신기해서 묻습니다. 절에 다니느냐고. 절에 다니지 않는다고 말하니 다시, 그러면 합장 배례를 어디서 배웠는지 묻습니다. 어눌한 아가씨의 대답을 들어보니 아가씨의 아련한 가족사가 드러납니다. 아버지는 돌아가셨고 그 아버지를 기리기 위해 엄마가 사월 초파일에 절에 가시고, 딸은 그런 엄마를 따라다니며 자연스럽게 합장 배례가 몸에 익었나 봅니다.

대화는 여기서 그치지 않고 이어집니다. 할아버지도 등 달러 절에 가시는지…… 시의 화자의 답이 재밌습니다. 등은 절에 다는 것도 좋지만 마음에 달아야 한다고, 그는 마음속 등이 무엇을 의미하는지 아시는 분입니다. 흥미롭게도 상황은 여기서 종결되지 않네요. 버스정류장에 한 사람이 더 있었나 봅니다.

등장인물이 한 사람 더 나타나 대화는 계속됩니다. "아, 훌륭한 선생님이시다."라는 감탄. 그 말에 시의 화자는 부끄러워집니다. "아니요. 아는 것 아무것도 없습니다." 겸손하게 말하면서 속으로 물어봅니다. 마음속에 어떤 등을 달고 있는지…….

부끄러운 방랑자라고 시의 말미에 붙여진 것이 제목인

지 혹은 시의 끝 구절인지 잘 모르겠습니다. 이 시를 읽은 오후에 저는 우리 시대의 세 현자(賢者)를 만나는 느낌이었습니다. 등장인물 세 사람이 다 각자 개성이 있습니다. 유리를 닦는 시의 화자를 인물1이라고 해보지요. 인물1은 자기에게 주어진 소임을 다하고 있지만 자기 일에만 몰두하지 않고 주변의 환경과 사람과 대화를 시도합니다. 아마도 마지막 날이어서 아쉬움이 더욱 컸나 봅니다. 그런 대화에 합장 배례에 응하는 아가씨, 인물2는 무심하게 흘려 들을 수도 있는 인물1의 대화를 합장 배례로 마주합니다. 이는 일상에서 마주치는 다른 존재에 대한 귀한 환대입니다.

인물 1, 2가 무심히 주고받는 대화는 어느 평범한 우리네 가정의 역사를 함축하고 있습니다. 일찍 세상을 떠난 남편, 그 남편을 기리며 사월 초파일에 절에 등을 다는 아내, 엄마 치맛자락 붙잡고 절에 함께 가는 아이는 저절로 합장 배례를 몸에 익힙니다. 아침의 버스 정류장 무심한 듯 이어지는 대화에 인물3이 끼어듭니다. 절에 등을 다는 것도 좋지만 마음의 등을 달아야 한다는 인물1의 말에 감응을 받은 인물3. 그도 버스를 기다리는 노인입니다. 인물3 노인은 인물1에게 받은 감동을 '훌륭한 선생님'이시라는 말로 자연스레 표현합니다.

모두가 낯선 타인인 거리에서 이런 대화가 이어지기는 쉽지 않습니다. 빨리빨리 걷고 타면서 목적에 도달하기에 바쁜 우리들은 곁의 사람들, 곁의 사물에 눈길을 두지 않습니다. 익명성의 사회를 부유하는 우리는 지하철이나 버스정류장에서 말을 잊습니다. 옆에 서 있는 타인에게 용기를 내어 말을 붙이기가 쉽지 않고, 설령 누군가가 말을 꺼내더라도 참을성 있게 말을 잇기가 쉽지 않습니다. 대개는 혼잣말로 그치고 마는 고독한 독백. 우리는 그렇게 대화와 소통을 잊고 무엇이 앞에 있는지 모르는 채 달음박질칩니다.

그러나 이 시가 그려 보이는 풍경은 한 마음이 한 마음에게 말을 건네고 그 마음을 다른 마음이 받고, 두 마음의 환대를 지켜보던 인물3의 마음이 다시 또 환대로 응대합니다. 거기서 끝이 아니라 마음에 어떤 등을 달았는지 부끄럽게 질문하면서 자신의 인생을 반추하는 목소리. 아, 이 시는 과로가 몸살로 이어져 앓아 누운 제게 구원이 되었습니다. 이 평범한 등장인물들의 대화가 그 어떤 철학자나 이론서보다 더 우리 살아가는 삶에 대한 답을 주는 것 같았습니다.

우리는 과연 어떤 마음의 등을 좋아 살고 있는지, 마음의 등이 있기나 한지. 우리는 타인의 말이나 행위에 어떤 관심을 보이는지, 나와 다른 남의 행위를 얼마만큼 흡수하여 내 삶의 자양분으로 만드는지, 이 시의 말미에 등장하는 인물3의 기입이 훌륭하다 느껴지는 이유입니다. 인물3은 마지막에 등장하지만 인물1과 2의 대화에 방점을 찍습니다. 현자를 현자라고 알아보는 눈, 그걸 말할 수 있는 용기.

하지만 그 말에 또 으쓱하기는커녕 아는 것 아무것도 없다며 고백하는 인물1. 부끄러움을 모르는 우리 시대에 그는 부끄러움을 아는 사람입니다. 반성하고 반추하는 인간입니다. 세 현자의 대화가 맑게 닦은 유리창처럼 아름다운 이 시는 우리에게 많은 것을 일깨워줍니다.

자기가 하는 일을 사랑하는 일, 타인에게 말을 건네는 일, 그 말을 공손히 받는 일, 타인의 행위를 무시하지 않고 자기 것으로 제대로 배우고 받아들이는 일, 구슬처럼 엮이는 인물1, 2, 3의 대화와 행위는 부끄러움을 모르고 앞만 보고 미친 듯 달려온 우리를 돌아보게 합니다.

우리는 매일 마음에 어떤 등을 달고 사는지요? 마음에 등을 다는 것이 무슨 의미인지, 무수한 질문이 꼬리에 꼬리를 뭅니다. 마음에 등을 다는 일은 변하지 않는 순정한 지향점을 갖는 일. 겸손하게 자신을 내려놓으며 무릎 꿇고 청하는 일입니다. 마음에 등을 다는 일은 매일의 일상이 높은 파고를 치더라도 그 파고에 흔들리지 않고 순정한 지향점을 향해 곧게 나아가는 일입니다.

팔순의 아부지는 드문드문 시를 쓰십니다. 몇 년 전, 어느 날 문득 아부지께서는 마음에 드는 시가 다섯 편만 모이면 신춘문예에 보내고 싶다고 난데없이 허허 웃으며 고백하셨습니다. 저는 아부지의 시가 좋습니다. 그래서 뒤늦게 시인의 꿈을 갖게 되신 아부지의 시 쓰기를 응원합니다.

팔순의 아버지는 그 어느 때보다도 젊고 싱싱합니다. 여든의 세월을 살아오신 아버지 마음의 결에는 얼마나 많은 이야기가 다양한 무늬로 아로새겨져 있을까요? 그 무늬를 말로 만나고 싶습니다. 저는 그 마음속 깊은 우물을 다 알지 못하기에 자꾸만 이야기를 끌어내고 싶은데, 말씀이 적은 경상도 아부지는 드문드문 시를 보내주시며 "내사 할 말이 뭐 있나." 하십니다.

겸손과 부끄러움을 잊어버리고 권력과 허명만 좇으며 힘없는 타인을 억누르는 게 잘난 게 되어버린 못난 시절. '부끄러운 방랑자'의 말은 속도전에 몰두하는 우리를 돌아보게 합니다. 내가 만나는 일상의 일들을 정성되게 하는 것, 아무런 이해 관계 없이 내가 만나는 사람들과 정성껏 교감하는 것. 그러한 일상의 나눔과 깨우침으로 마음속 등불의 심지를 환하게 돋우는 일.

오늘 아침에 당신은 마음에 어떤 등을 다셨는지요? 그 등을 새날에 또 어떻게 닦아 나가실지, 하루하루의 손길과 걸음이 이 시처럼 주변 사물과 사람에 대한 정성스런 환대, 고운 꿈으로 엮이기를 바랍니다.

침묵 속에서
더 충만해지는
계절

토머스 머튼의 '침묵'

뜻하는 바대로 일이 이루어지지 않을 때,
쓰고 싶던 글이 잘 진행되지 않을 때,
억울한 일을 당할 때, 거친 비판을 받을 때,
뜻밖의 모욕을 당할 때조차
그 기회를 잘 활용하여 많은 말 대신
침묵을 통해서 답을 찾으라고 합니다.

침묵은 양선함입니다.
마음이 상했지만 답하지 않을 때
내 권리를 주장하지 않을 때
내 명예에 대한 방어를 온전히 하느님께 내맡길 때
침묵은 양선함입니다.

침묵은 자비입니다.
형제들의 탓을 드러내지 않을 때
지난 과거를 들추지 않고 용서할 때
판단하지 않고 용서할 때
침묵은 자비입니다.

침묵은 인내입니다.
불평 없이 고통을 당할 때
인간의 위로를 찾지 않을 때
서두르지 않고 씨가 천천히 싹트는 것을 기다릴 때
바로 침묵은 인내입니다.

침묵은 겸손입니다.
형제들이 유명해지도록 입을 다물 때
하느님의 능력의 선물이 감추어졌을 때
내 행동이 나쁘게 평가되든 어떻든 내버려둘 때
바로 침묵은 겸손입니다.

침묵은 신앙입니다.
그분이 행하시도록 침묵할 때
주님의 현존 안에 있기 위해 세상 소리와 소음을 피할 때
그분이 아는 것만으로 충분하여 인간의 이해를 찾지
　　않을 때
바로 침묵은 신앙입니다.

　　　　　　　　　　　　— 토머스 머튼, 「침묵」에서

추석을 보내러 시댁에 내려와 이 글을 씁니다. 무덥던 여름이 지나고 다시 가을이 왔습니다. 매해 되풀이되는 명절이고 같은 가을이지만 그 느낌은 매번 새롭습니다. 9월의 하늘 구름은 다른 해보다 더 아름답습니다. 중학교 1학년 때 「가을하늘」이라는 제목의 시로 백일장에서 장원을 받은 적이 있는데, 가을하늘이 아름다운 건 예나 지금이나 변함없지만 구름이 가장 아름다운 계절은 9월임을 또다시 실감했습니다. 시를 읽으며 익숙한 대상을 새롭게 보고 그 새로움에 눈뜰 수 있는 신비가 참 감사합니다.

어제 저녁, 시댁에 내려와 어머님과 저녁을 맛있게 먹고 단잠을 푹 잤습니다. 새벽에 일어나 글을 쓰기 위해서 책상에 앉았는데, 아흔이 가까운 어머님의 책상이 어떤 젊은이들의 책상보다 더 단정하고 정갈하고 알찹니다. 컴퓨터가 놓인 왼편으로는 작은 책꽂이가 있어서 『논리한자사전』과 며느리의 글이 실린 《경향잡지》가 빼곡하게 꽂혀 있습니다.

그 옆에는 족히 20년은 더 넘은 듯 보이는 전화기가 있고요. 둥근 철제 약병에 두꺼운 마분지로 칸막이를 나누어서 자와 필기도구, 펜, 지우개, 풀 등을 칸칸이 넣어두었네요. 여쭈어보니 막내아들이 언젠가 만들어준 것이라 합니다. 집의 모든 낡은 물건들에는 덮어두면 그냥 잊고 지나치지만 하나

하나 열어 보면 정감 나고 세세한 추억들로 가득합니다.

책상이 있는 벽에는 키보드를 그린 그림과 함께 키보드 사용법이 적힌 종이가 붙어 있습니다. 컴퓨터를 하실 때마다 잊지 않기 위해 보신다고 합니다. 평생 초등학교 교사로 일하신 어머님은 은퇴 후 67세 때 컴퓨터를 처음 배우셨는데, 지금은 문서도 곧잘 만드십니다. 책꽂이 옆에는 프린터기가 있고 그 위에는 탁상용 달력이 있습니다.

하루하루 일정이 빼곡하게 적혀 있는 걸 보니, 아흔이 내일모레인 어머님은 며느리 못지않게 바쁘게 살고 계시네요. 탁상용 달력 옆에 예쁜 초록색 종이에 프린트한 시를 붙여 두셨기에 눈여겨 읽어보았습니다. 성당의 레지오 기도 모임에서 받으신 토머스 머튼의 글을 이렇게 붙여두고 매일 아침기도 중에 읽으신다고 합니다.

토머스 머튼(Thomas Merton, 1915~1968)은 많은 분들이 잘 아는 뛰어난 영성가입니다. 티베트의 영적 지도자 달라이 라마가 가장 깊은 영적 대화를 나눈 인물로 꼽았고, 또 다른 영성가 헨리 나우웬도 평생 단 한 번 머튼을 만났지만 가장 큰 감화를 받았다고 고백한 적이 있습니다.

세속적인 기준에서 보면 머튼의 삶은 그다지 행복한 조건이 아니었습니다. 부모님이 모두 화가이셨는데, 어머니는 시인이 여섯 살에 위암으로, 아버지는 열여섯 살에 뇌종양으로 세상을 떠나셨습니다. 머튼은 어쩌면 이 삶의 근원적인 조건으로서 불안과 불행, 아픔, 고독과 고통에 유난히 일찍 눈뜨게 되지 않았을까 싶습니다.

프랑스에서 태어나 영국 케임브리지대학교 클레어칼리지를 다닌 머튼은 평소 무신론자로 자처하면서 생의 의미를 모르는 어두운 젊은이였다 합니다. 열여덟 살 때 로마를 여행하다가 우연히 들른 성당에서 예수님의 모자이크를 보고 가톨릭의 신비에 눈을 뜨고 로마의 여러 바실리카 양식을 보면서 감회를 받고 처음으로 성경을 읽게 되었다 합니다.

미국 컬럼비아대학교에서 영문학으로 대학원 공부를 할 때는 당시 미국의 많은 영민한 젊은이들이 그러했듯 사회주의자들의 모임에도 참여하고 중세 스콜라철학이나 불교에도 관심을 보였다지요. 1939년에 영문학 석사 학위를 받고 박사 과정으로 진학할 생각을 하고 있었으니 어쩌면 영문학자 머튼으로 살 수도 있었을 것 같습니다.

하지만 머튼의 영적 성숙함을 알아챈 스승의 조언으로 머튼은 1941년 스물여섯 살 나이에 겟세마니수도원에 들어가게 됩니다. 물론 여러 번의 번민 끝에 택한 길이었겠지요. 1948년 자신의 영적 여정을 담은 자서전 『칠층산(The Seven

Storey Mountain)』을 펴내는데요. 한때 재즈를 사랑하고 술과 여자를 좋아하던 자유로운 젊은이가 어떤 영적인 깨달음에 이르게 되었는지를 고백하는 이 책으로 머튼은 세계적인 영성가가 되었으니, 한 사람의 인생이 어떤 방식으로 새롭게 펼쳐질지 그 신비는 드러날 때까지 누구도 예측할 수 없는 일인 것 같습니다.

침묵은 머튼의 영성에 있어 핵심적인 가치입니다. 머튼은 침묵과 가난과 홀로 있음에 대해 깊이 묵상한 영성가로서, 앞의 시에서는 침묵이 신앙과 만나는 방식에 대해서 이야기합니다. 억울한 일이 있을 때, 누군가가 내게 큰 잘못을 했을 때, 침묵은 쉽지 않은 일입니다.

내 명예를 지키기 위해서 사람들은 칼을 빼들고 법을 찾아 다툽니다. 타인의 잘잘못을 평가하고 내 옳음을 소리 높여 외치는 대신 침묵이라는 양선한 자비를 택하는 것은 그러므로 참으로 쉽지 않은 결단이요 어려운 인내입니다.

머튼은 침묵이 소극적인 방어가 아니라 주님의 현존을 이 세상에서 깨닫기 위한 적극적인 선택임을 이야기합니다. 침묵 속에 홀로 기도할 때 내가 보는 것, 내가 감당하는 것, 나를 스치는 모든 것이 하느님의 목소리임을 알게 되는 것. 소리 높여 내 고통을 이야기하면서 손쉬운 인간의 위로를 찾는 대신 침묵을 통해 하느님의 신비에 귀 기울이는 것. 내 의지로 세상 모든 것을 관철하려고 하기보다는 온유한 고독 속에서 타인의 참모습을 있는 그대로 받아들이는 것. 이 모든 양선(良善), 자비, 인내와 겸손이 침묵을 통해 가능하고 이러한 침묵은 참 신앙의 길로 이끄는 존재 조건이 됩니다.

머튼이 앞의 시에서 들려주는 침묵의 신비는 자신이 직접 삶 속에서 체험한 것이기에 진실한 울림이 있습니다. 침묵 속의 기도를 즐겨 한 머튼은 우리가 흔히 '십자가'로 일컫는 삶 속의 고독을 특별히 활용하는 법에 대해 말합니다. 뜻하는 바대로 일이 이루어지지 않을 때, 쓰고 싶던 글이 잘 진행되지 않을 때, 억울한 일을 당할 때, 거친 비판을 받을 때, 뜻밖의 모욕을 당할 때조차 그 기회를 잘 활용하여 많은 말 대신 침묵을 통해서 답을 찾으라고 합니다. 이 세상의 무수한 소음과 관계를 맺으면서 말로 하느님을 만나려는 신앙인들은 혼돈의 소음 대신 포기와 공평, 인내와 흠숭을 주는 침묵 속에서 참 하느님, 참 기도를 만나라고 합니다.

침묵에 대한 머튼의 기도문을 만난 가을 아침, 성당에서 가장 고령의 연세로 레지오 단원으로 활동하시면서 이 기도문을 아침저녁으로 읽고 마음에 새기신다는 어머님의 말씀을 듣고, 늘 말로 글로 살아가는 며느리는 마음이 그만 부끄러워졌습니다.

　의미 없는 소음으로 시끄러웠던 여름을 보내고 가을 문턱에 들어선 순간에, 저는 어머님의 책상 앞에 붙여진 토머스 머튼의 기도문을 통해 지혜로운 열쇳말을 하나 얻었습니다. 홀로 침묵하며 만나는 진정한 기도가 우리에게 더 큰 자유를 줄 것입니다. 말과 글과 주장에 기대어 무성한 소음을 내는 우리들의 하루가 침묵 속에서 더 충만해지길 바라며 깊어가는 계절을 응시합니다.

유명해지는
건 얼마나
따분할까

에밀리 디킨슨의 '무명인'

무언가가 되고 싶은 그 지향은
우리 매일 걷는 길처럼 시작도 끝도 없는 것이고
또 자유로운 것이지만 동시에
지금 내 자리를 자각하는 것 또한
그 꿈의 성사에서는 중요합니다.

저는 무명인! 당신은 누군가요?
당신도 — 무명인 — 인가요?
그럼 우리 둘 한 쌍이네요!
말하지 마요, 사람들이 광고할 거예요!

얼마나 — 따분할까요 — 유명인이 되는 건!
얼마나 요란할까요 — 개구리처럼
6월 내내 — 칭송하는 늪에다
자기 이름을 말하는 거요,

— 에밀리 디킨슨

여러분은 어릴 때 장래 희망이 무엇이었는지 조심스레 여쭤봅니다. 예전에는 장래 희망 하면, 대통령, 판검사, 변호사, 장군, 의사, 선생님, 심지어 현모양처도 있었지요. 요즘 아이들의 꿈은 참 다양합니다. 대통령, 장군, 선생님은 쑥 들어가고, 연예인, 학원 강사, 공무원 등 근사하고 화려해 보이거나 또는 정반대로 안정적인 직업군이 많지요. 프로게이머나 디자이너의 꿈을 꾸는 아이들도 많고요. 시절이 변했다는 걸 실감합니다.

대학 입시에서 여러 전형들 중에는 장래 희망에 따라 고등학교 3년간 맞춤탐색 공부를 했는지를 보는 유형도 있습니다. 십 대에 자기 꿈을 아는 건 쉽지 않다는 걸 잘 알기에 꿈이 많아 힘겨운 아이들의 의사도 존중하면서 그 마음의 결을 세세히 읽어내려 노력합니다.

그러고 보면 꿈은 무엇일까요? 꿈은 늙음과 젊음과 상관없이 꿀 수 있는 어떤 지향점, 되고 싶은 것입니다. 무언가가 되고 싶은 그 지향은 우리 매일 걷는 길처럼 시작도 끝도 없는 것이고 또 자유로운 것이지만 동시에 지금 내 자리를 자각하는 것 또한 그 꿈의 성사에서는 중요합니다.

우리 사회에서 꿈은 대학 입시에서 한 차례 크게 좌절됩니다. 상위권 주요 대학에 들어간 아이들은 꿈을 보장받는 듯싶지만 그도 사실이 아니고, 대부분의 아이들이 엄청난 박탈감에 시달리며 이십 대를 보내지요.

젊은이들은 안정적인 직장을 향해 불안한 날들을 무한 질주하고, 설사 취업에 성공한다 해도 대개는 성과주의의 덫에 걸려 허덕입니다. 결혼, 아파트, 집 장만, 육아 등 다음 단계의 꿈들이 우리를 채찍질할수록 '아무것도 아닌(nobody)' 우리는 '그 무엇(somebody)'이 되지 못한 열패감에 몸과 마음을 앓습니다.

하지만 최근에 기성세대나 사회가 부여한 근사한 기준이 아니라 '아무나'가 되고자 하는 젊은이들이 늘었다는 기사를 접했습니다. 그 달라진 '아무나'의 꿈이 애잔하기도 하지만 반갑기도 합니다. 저마다 자기 기준에서 행복을 찾을 권리, 시대나 사회가 요구하는 획일적인 가치가 아니라 자기 존재의 오롯한 자족을 찾을 권리는 누구에게나 있고 그걸 자각하는 이들이 늘어간다는 뜻이니까요. 그 자족에는 거창하고 유명한 타이틀이 필요치 않으니까요.

시인 에밀리 디킨슨(Emily Dickinson, 1830~1886)이 시에서 노래하는 것도 바로 그 점입니다. 영어에서 'nobody'는 '보잘것없는 사람'을 뜻합니다. 'somebody'는 '훌륭한 사람', '이름 대면 알 만한 사람', '대단한 사람'이라는 뜻이고요. 영어 원시에서 살아나는 대비 효과를 살리기 위해 '무명인'과 '유명인'이라고 옮겼지만, 이 시는 "난 보잘것없는 사람인데 당신은 누군가요?"라는 일상적인 대화로 시작합니다.

시인은 자기가 보잘것없는 사람이라고 낮추면서 상대를 끌어당기는데요. 그러면서 당신도 보잘것없는 사람인가요? 그럼 우린 한 쌍이네요, 합니다. 그 동질감은 일종의 비밀 결사로 나아갑니다. 쉿, 이건 비밀, 다른 사람들에게 말하지 말라 하니까요. 그게 뭐 대단한 비밀이라고 이렇게 당부하는 걸까요? 대단한 비밀일 수 있습니다. 저마다 유명해지고 싶은 이들이 우글거리는 곳에서는 아무것도 되기 싫은 삶은 불온하게 여겨질 수 있으니까요.

그래서 그 사람들이 광고할 거라는 말은, 누구나 대단한 사람이 되고 싶은 욕망으로 가득 찬 세상에서 아무것도 아닌 생 자체가 위험한 일이라는 걸 암시합니다. 얼핏 이해가 안 될지 모르지만, 세상의 방식과 거꾸로 가는 욕망은 위험하고 불온하게 여겨질 수 있습니다. 예수님만 생각하더라도 세상의 길과 다르게 살았기에 핍박을 받으셨지요.

허먼 멜빌(Herman Melville, 1819~1891)의 단편소설 「필경사 바틀비(Bartleby, the Scrivener)」에 나오는 주인공 바틀비를 생각하면 조금 더 이해가 쉽겠어요. 미국 금융의 중심지 뉴욕 월 가의 변호사 사무실에서 일하던 바틀비가 "저는 안 하겠습니다.(I would prefer not to.)"라는 말로 모든 행위를 거부할 때, 그 목소리는 이윤 추구만이 생의 목적이 된 도시의 그 엄청난 큰 계획을 통째로 부정하는 힘이 있기에 큰 울림을 줍니다.

이 시는 그렇다면 단순히 소박한 삶에 대한 예찬이 아니라 이름 있는 유명인이 되는 것이 당연한 생의 목적이 되는 사회의 무모한 가치를 슬며시 비틀고 있습니다. 두 번째 연에서 대단한 사람, 유명한 사람이 되는 게 얼마나 귀찮고 끔찍한 일인지를 개구리에 빗대어서 말하는 걸 보면요. 자기를 떠받드는 늪을 향해 자기 이름을 개골개골 끝없이 외치는 개구리. 그 개구리의 삶처럼 따분하고 비밀 없이 요란한 생이 대단한 생이라면 차라리 아무것도 되지 않고 사는 게 낫겠다고 합니다.

평범하고 쉬운 일상적인 대화로 풀어가는 시는 익살스러운 느낌마저 주면서 끝을 맺습니다. 뭔가가 되고 싶고 이름을 얻고 싶어 몸부림치는 우리에게 이 시는 차라리 아무것도 되지 않는 게 낫다는 위로를 건네는 한편 이름을 얻고자 하는 공명심에 일침을 가하고 있습니다. 그냥 아무것도 되지 못한 별 볼일 없는 사람들에 대한 위로이자 보통 사람들의 삶에 대한 인정, 그리고 소위 유명하다는 이들의 삶에 대한 일갈을 동시에 하고 있네요. 그럼으로써 우리네 보통 사람들, 이름 석 자 남기지 못하고 살다 죽는 사람들의 진짜 가치를 전하고 있습니다.

일을 하다 보면 이름을 알리고자 하는 공명심과 지나친 의욕이 그릇된 결과를 낳을 때가 꽤 많습니다. 그래서 보잘 것없는 사람임을 대놓고 말하면서 유명한 이름이 치러야 하는 몫을 조롱하듯 말하는 이 시는, 이 세상에서 이름을 가지고 사는 의미에 대해 생각하게 합니다.

대개는 nobody보다 somebody가 더 좋은 의미로 쓰입니다. 마틴 루서 킹(Martin Luther King, Jr.) 다음 세대의 흑인 민권운동 지도자였던 제시 잭슨(Jesse Jackson) 목사는 "I'm Somebody" 운동을 펼쳤지요. 철저한 무관심 속에 자라 갱단이나 경찰의 총에 맞아 죽을 운명을 타고난 시카고의 희망 잃은 흑인 청년들에게 "난 대단한 사람.(I'm Somebody.)"을 따라 외치게 했지요. 'nobody'라는 절망 너머 'somebody'의 희망을 보게 한 것입니다.

학생들을 많이 만나는 저도 "잘 할 수 있어. 잘 해. 대단해." 이런 칭찬을 많이 해주는 편인데요. 가끔은 이 시와 같은 말을 할 때도 있습니다. 몇 해 전 대학가에서 자주 터지는 단톡방 사건이 있었는데요, 같은 교실에서 공부하는 또래 여학생들을 남학생들이 희롱했던 일이 불거지면서 많은 아이들이 상처를 입었지요. 그때 학생들에게 "공부 힘들게 해서 대학에 와서는 왜 타인에게 상처가 되는 일을 하느냐, 그러려면 공부도 하지 말고 차라리 아무것도 되지 마라."라고 야단 친 적이 있습니다. "Be nobody"를 대놓고 선언한 셈이지요. 학생들이 후에 그 말이 크게 와 닿았다고 이야기해 주었는데 저로서는 뼈아프게 던진 말이었지요.

그런데 생각해 보면 그저 조용히 이름 없이 사는 생도 쉬운 게 아닙니다. 얼마 전 영화 「1987」을 봤습니다. 박종철 고문치사사건에서 이한열의 죽음에 이르는 1987년의 짧은 기간을 다룬 영화였는데, 1987년 6월 혁명을 가능하게 한 많은 기적같은 연쇄작용이 다큐멘터리처럼 펼쳐집니다. 처음 시나리오 작가는 제목을 '보통 사람들'이라고 하려 했다지요. 아무것도 아닌 보통 사람들이 불의한 권력의 협박에 굴하지 않고 지켜 나간 양심과 용기 덕분에 기적처럼 가엾은 학생을 고문으로 죽인 사건이 밖으로 알려지게 되었고, 그것이 6월 혁명의 도화선이 되었으니까요.

예나 지금이나 역사는 아무것도 아닌 'nobody'들의 그 묵묵한 용기 덕분에 한 걸음 더 전진합니다. 보잘것없는 이들이 목숨을 걸고 지키려 했던 것이 무엇일까요? 정의일까 진실일까 사랑일까요? 각자의 작은 신념과 본분을 지키며 묵묵히 걷는 수많은 이름 없는 생들이 우리를 이끌어왔습니다. 변절과 타락도 물론 있지요. 하지만 이름 없는 이들의 용기와 사랑, 희생이 우리의 눈을 뜨게 합니다. 나는 무명인, 당신도 무명인, 우린 그렇게 함께 더듬더듬 나아갑니다.

죽음 너머를
보는
믿음에서

워즈워스의 '영생'

우리는 사라진 것들에 절망하기보다는
그들이 남기고 간 것들에서 힘을 찾아
다시 앞으로 나아가야 합니다.

한때 그처럼 찬란했던 광채가
이제 내 눈앞에서 영원히 사라졌다 해도
초원의 빛과 꽃의 영광 어린 시간을
그 어떤 것도 되불러 올 수 없다 해도
우리는 비통해하지 않으리, 오히려
뒤에 남은 것에서 힘을 찾으리
지금까지 있었고 앞으로도 있을
본원적인 공감에서
인간의 고통에서 솟아나
마음을 달래주는 생각에서
죽음 너머를 보는 믿음에서
달관한 마음을 가져다주는 세월에서

죽음 너머를 보는 믿음에서

— 윌리엄 워즈워스, 「송가: 어린 시절 회상에서 온 영생의
암시」에서

　이 글을 쓰기 전에 여러 시를 만지작거리다가 영국 낭
만주의 시인 윌리엄 워즈워스(William Wordsworth, 1770~
1850)를 떠올렸습니다. 개인적으로는 참 힘들었던 한 해를
떠올렸기 때문입니다. 일로 힘든 것도 있고 크고 작은 인연
과의 작별로 힘들기도 했습니다. 그간의 덕이 부족했는지 최
선을 다해 열심히 봉사한 일이 별로 좋은 성과를 못 거두었
고, 믿었던 이에게는 배신을 당해 등에 칼이 꽂히는 느낌을
맛보았습니다. 쉬어야 하는 짬에도 끝없이 밀려드는 일의 뒤
처리 때문에 고단한 여름과 가을을 보냈고, 무엇보다 마음으
로 의지했던 몇 분을 갑작스럽게 다른 세상으로 떠나보냈습
니다.
　같은 공부길에서 오랜 시간을 보낸 저와 동갑인 좋은
선생님이자 명민한 학자는 가을 산책길에서 멋진 사진과 평
화를 비는 메시지를 보내준 날 저녁, 뇌출혈로 세상을 떠났
습니다. 여러 해 지병을 잘 이겨내고 있다고 믿고 있던, 제가
따르는 참 좋은 작가 선생님은 가을비 내리는 어느 새벽에
먼 길 떠나셨고요. 가을볕 누비며 같이 산책하자는 약속을

윌리엄 워즈워스

Wordsworth
by Boxall.

해놓고는 바쁘다는 이유로 하루이틀 만남을 미루고 있던 참이었지요. 죽음에 적당한 시간은 없다고 믿지만 작별할 준비가 되어 있지 않았던 저로선 참 안타까운 이별이었습니다.

좋은 사람, 소중한 사람을 만나는 일은 하루라도 미루지 말라는 가르침을 주고 하늘의 별이 되신 분들을 생각하며 한 해를 돌아보니 어린 시절 꿈꿔 온 찬란한 빛은 그 빛을 제대로 즐기고 누릴 시간 없이 언제 왔는지도 모르게 지나간다는 사실을 새삼 깨닫게 됩니다. 지금 소개해 드리는 워즈워스의 시 「송가」는, 죽음이나 늙음은 모르고 막연하게 생의 환희를 꿈꾸던 어린 시절, 영원불멸에 대한 생각을 전하는 명상시로 널리 알려진 작품입니다.

원래 시가 무척 긴데, 특이하게도 이 시는 작고하신 국문학자 김윤식 선생님께서 정년퇴임 강연에서 마지막으로 읊은 시라고 합니다. 저와 직접적인 인연은 없지만, 글로 늘 배움 안에 있다고 생각했고 많은 동학들의 은사님이기도 한 김윤식 선생님께서 마지막 은퇴 강연에서 영시를 되뇌셨다는 게 뜻밖이었지요.

선생님의 별세 소식을 들었을 때 이 시를 다시 찾아 읽으며 삶과 죽음에 대해 묵상했는데, 우연히 영상 자료를 보다 보니 흥미로운 장면이 있었습니다. 문학에 평생을 바친

걸 후회 않으시냐는 누군가의 질문에 선생님께서 후회 같은 건 없고 "그냥 그렇게 되고 말았어요."라고 답하셨는데, 그 대목에서 다시 저는 워즈워스의 시와 이 시를 유명하게 해 준 영화 「초원의 빛(Splendor in the Grass)」이 생각났습니다.

영화 「초원의 빛」은 나탈리 우드와 워렌 비티가 주연한 1961년 제작된 영화로 「에덴의 동쪽」, 「욕망이라는 이름의 전차」를 감독한 엘리아 카잔 감독의 작품이지요. 워렌 비티의 데뷔작이었고 나탈리 우드는 당시 많은 이들의 사랑을 받던 배우였기에 선남선녀의 아픈 사랑을 담은 영화는 지금도 많은 이들에게 아련한 첫사랑의 추억을 떠올리게 하지요.

제게도 이 영화는 기억에 남는 첫 영화이고, 사랑과 이별, 어찌할 수 없는 삶의 질곡과 슬픔에 대해 처음으로 눈뜨게 한 영화입니다. 무엇보다 영화에서 인용된 워즈워스의 시로 하여금 시가 주는 깨달음을 처음 알게 한 영화이고, 어쩌면 그 강렬한 눈뜸이 저를 평생 시를 공부하고 읽는 사람으로 자라게 한 출발점이었는지도 모르겠습니다.

사회가 강제하는 교육과 억압들로 자연스러운 사랑의 결실을 맺지 못하고 아프게 헤어진 두 청춘. 아들에게 오로지 남자다운 야망을 가지고 남자답게 성공하라는 주문을 한 버드의 아버지는 몰락하여 세상을 떠나고, 버드는 아버지의 방식대로 살지 못하고 평범한 농장 노동자로 살아갑니다.

단 하나의 운명이라 생각했던 첫 사랑 버드와 어설프게 헤어지고 그 이별의 상처에 혹독한 정신병을 앓다가 이를 간신히 극복하고 찾아온 디니가 버드에게 "행복해?"라는 질문을 하자, 버드가 이렇게 답합니다. "그런 거 생각 잘 안 해. 그런 것 같아."라고. 인생은 때로 알 수 없이 흐르지만 "오는 걸 받아들여야 하는 법.(You gotta take what comes.)"이라고 말하는 버드의 대답에서 거부할 수 없는 삶의 흐름을 받아들여 참고 견디며 그 안에서 지혜를 찾아나가는 모습을 봅니다.

김윤식 선생님의 별세 소식을 들었을 때 저는 그 영화를 다시 보았습니다. 밀린 일이 많았음에도 저만의 애도 과정이었는지, 무슨 이유로 이 영화를 처음부터 끝까지 다시 보았는지, 아마도 삶과 죽음, 열망과 광채, 공감과 고통, 지혜, 고독 속에서 꾸준히 한 길을 곧게 걷는 인생의 의미를 되짚어 생각하고 싶었나봅니다.

마지막 퇴임 강연에서 이 시를 읽으시며 아마도 선생님은 남겨진 후학들에게 떠나는 이의 비통함 대신 그 저무는 영광 뒤의 그림자에서 다시 돋아나는 어떤 힘을 찾으라는 메시지를 주시려고 했던 게 아닐까 생각해 봅니다. 모든 찬란한 광채, 꽃의 영광은 피었을 때 잠깐일 뿐, 다시 돌아오지 않습니다. 그 어떤 것도, 영원할 것 같은 젊음도 꿈도 사랑도 지나면 돌아오지 않습니다.

목 놓아 외쳐 불러도 돌아올 수 없는 것들. 우리는 사라진 것들에 절망하기보다는 그들이 남기고 간 것들에서 힘을 찾아 다시 앞으로 나아가야 합니다. 그 힘은 과거에도 있었고 지금도 있으며 앞으로도 있을 어떤 힘. 인간의 고통에서 솟아나 마음을 달래주는 공감입니다. 그 공감은 지금 이곳의 고통과 죽음 너머를 보게 하고 우리의 마음을 달래주는 믿음입니다.

시의 마지막 "달관한 마음을 가져다주는 세월"에서 '달관한'은 시의 원문에서 'philosophic'인데, '철학적인'으로 옮기지 않고 '달관한'으로 옮겼습니다. 찬란한 꽃의 시절을 지나 푸른 잎이 마른 잎으로 지는 세월을 지나 우리는 드디어 삶과 죽음의 비의를 아는 철학적인 마음을 터득하게 되는데, 그게 제게는 가장 속 깊게 달관한 마음인 것만 같기 때문입니다.

이 마음은 어려움은 어려움대로 기쁨은 기쁨대로 다가오는 일을 묵묵히 받아들이며 견디는 마음이요, 함께 이 세상을 살아가는 이웃들의 아픔에 눈을 뜨는 마음입니다. 사람의 마음에 깃든 그 본원적인 공감을 나누면서 우리는 또 한 해, 한 시절을 보냈습니다.

　그리하여 지금, 모든 만남과 아픔과 기쁨과 즐거움, 슬픔과 화, 고난과 고통과 억울함과 쓰라림까지도 다 참고 지나면서 죽음 너머를 보는 믿음과 속 깊은 마음을 주는 세월의 의미를 다시 생각합니다. 매일매일, 우리가 나눌 한마디는 이것밖에 없습니다. 모두 고맙습니다. 그대로 다 이루어지게 될 것입니다.

한결
의미 있는
절망

엘리엇의 신앙 여정

아무것도 바라지 않는 지혜 속에
이 어두운 현실을 뚫고 나갈
빛의 시선이 들어오리라,
우리 믿음의 본 자리를 겸허히 그려봅니다.

미국 켄터키 주 루이빌로 학생들과 함께 학회를 간 적이 있습니다. KFC, 즉 켄터키 프라이드 치킨의 본사가 있는 도시인데, 치킨은 못 먹고 사흘 내내 열심히 공부를 했습니다. 학부생, 석사생, 박사생 골고루 일곱 명의 학생들은 처음 맞는 이 기회에 최대한 열심히 학회의 모든 것을 흡수하려는 듯 아침부터 저녁까지 발표를 듣고 질문을 했고, 저는 저대로 학생들과 함께하는 이 소중한 경험이 순간순간 아까워 시차에 잠도 부족한 사흘을 피로도 잊고 쌩쌩 날아다녔지요.

열네 시간의 비행 끝에 댈러스에 내려 다시 국내선으로 갈아타 두어 시간을 가는 긴 여정. 루이빌은 미국 남부의 오랜 전통이 있는 도시로 스콧 피츠제럴드(Scott Fitzgerald)의 1925년 소설 『위대한 개츠비(The Great Gatsby)』의 여주인공

데이지의 고향이기도 합니다. 이 소설은 미국문학에서 잘 알려진 작품으로 2013년 영화에서 개츠비 역할로 레오나르도 디카프리오가 열연했지요. 미국 남부의 정취가 느껴지는 오래된 거리를 걸으면서 그곳의 유순하고 친절한 사람들과 대화를 나누며, 문득문득 20세기 초반 미국의 몰락한 옛 가치의 폐허 위에서 한 여자를 허영에 들뜨게 한 현대의 덧없고 허약한 영광을 생각해 보았습니다.

학회 일정에서 예정에는 없었지만 감사한 추억으로 남은 이야기를 더불어 할까 합니다. 루이빌에서 서쪽으로 한 시간가량 떨어진 곳, 울창한 삼림이 우거진 주 경계선을 넘어 인디애나 주로 들어가면 세인트메인라드 대수도원/신학교(St. Meinrad Archabbey)가 있습니다. 학회 마지막 날 저녁에 잠시 이곳을 다녀왔습니다.

루이빌에는 그 주 내내 비가 내려 30년 만의 큰 홍수가 졌더랬지요. 길을 떠나는 게 망설여졌지만 드넓은 미국에서 가까운 거리에 있는 수도원, 더구나 사순절에 방문할 수 있는 기회가 언제 또 있을까 싶어 용기를 냈습니다. 누런 황톳물 넘실대는 강가를 지나 비가 흩뿌리는 길을 달려가 보니 수도원은 '아름답다'라는 말이 소용없는 아름다운 곳이었습니다.

수도원 입구에 몬테카지노 경당을 먼저 들렀는데, 겨우

몇백 명인 동네 주민들이 십시일반 모은 돈으로 지난해 내부 수리를 했다 합니다. 경당은 긴 세월의 역사에다 신자들의 새 정성을 입어 은은한 빛을 발하고 있었고 빗길을 뚫고 동네 주민들이 기도하러 들르는 모습이 인상적이었지요. 가톨릭 세례를 받았지만 지금은 성당에 나가지 않는 학생 둘과 함께 갑작스러운 방문이었지만 마침 그곳에 계신 한국인 신부님과 학사님들이 친절히 안내해 주셔서 수도원을 둘러보고 저녁기도에 참여할 수 있었습니다.

비 내리는 오후에서 저녁으로 넘어가는 시간, 고요에 묻힌 수도원을 둘러보면서 보이지 않는 곳에서 올리는 기도의 힘을 생각했습니다. 메인라드 성인(St. Meinrad)은 9세기 초 베네딕토수도회 수도사인데, 침묵 속에 기도하고 참회하는 수도자가 되려는 열망을 품었던 분이라 합니다. 스위스 에첼산 기슭에 있는 다크우드(Dark Wood)에서 성모상을 품고 수도의 길을 걷던 중 강도한테 살해되었는데, 계시를 통해 강도가 자신을 해치리란 걸 미리 알고 계셨다고 해요. 그럼에도 끝까지 환대의 마음을 놓지 않고 목숨을 잃으셨으니, 환대라는 가치와 생명을 맞바꾼 분이라 할 수 있지요.

빗속의 수도원은 오후에서 저녁, 밤으로 이어지면서 색색의 신비를 더해 선물 같은 풍경을 선사해 주었습니다. 저

세인트메인라드 대수도원

녁 기도 후에 학사님들과 우리 학생들이 함께 모인 자리에서 우리는 지금 시대에 신앙인으로 사는 것, 가톨릭 신앙 안팎에서 벌어지는 여러 사건과 현실, 문학과 신학, 철학의 공통분모에 대해 이야기를 나누었지요. 공부길이라는 공감대가 있어서 더욱 진솔한 나눔이 가능했던 것 같습니다.

돌아오는 길에는 세찬 비가 차창을 때렸습니다. 평생 처음 보는 폭우였지요. 그 비를 뚫고 돌아오는 길, 우리 일행을 위해 운전대를 잡으신 학사님의 배려와 함께 잊을 수 없는 여정이었지요. 한국에 돌아와 그중 한 학생과 이야기를 나누는데, 여러 달 냉담 중이던 학생이 성당에 다시 나가겠노라고 하네요. 신학교 식당, 복도, 성전 안팎에 무심히 놓인 아무 의미 없어 보이는 사물들이 알고 보니 다 자기 자리를 갖고 있더라고, 무엇 하나 그냥 있는 것은 없다는 걸 깨달았다 합니다. 오늘날 신앙의 자리도 그처럼 큰 의미 없어 보이지만 자기 자리를 지켜가며 기도하는 손들이 새로운 출발점이 되는 것 아닐까, 고맙고 기특한 마음 감추며 덤덤히 이야기하니 학생도 고개를 끄덕입니다.

그냥 있는 것은 아무것도 없다는 자각. 자기 자리를 찾는 일. 그 질문에 대해 앞에 소개한 시가 말해 주는 게 있습니다. 이번 시는 엘리엇(T. S. Eliot, 1888~1965)의 장시 「재의 수요일」(Ash Wednesday)의 일부인데요, 미국에서 태어났지만 영국으로 귀화한 시인입니다. 종교마저도 성공회로 이적하여, 시인은 자신의 종교적 정체를 '성공회-가톨릭(Anglo-Catholic)'으로 규정했지요.

다시 돌아서리라 나 희망하지 않기에
희망하지 않기에
돌아서리라 나 희망하지 않기에
이 사람의 재능과 저 사람의 기회를 바라는 일
그런 것들 얻으려 나 더 이상 애쓰려 애쓰지 않기에
(늙은 독수리가 왜 날개를 펴야 한단 말인가?)
여느 통치의 권력이 사라진다고
내가 왜 슬퍼해야 하는가?

다시 알리라 나 희망하지 않기에
확실한 시간의 그 허약한 영광을
나 생각하지 않기에
한 가지 진정으로 덧없는 힘을
내가 알지 못할 것을 나 알기에
나 마실 수 없기에

거기, 나무들 꽃피우고 샘물 흐르고, 거기 다시
　아무것도
　없기에

　　　　　　　— T. S. 엘리엇, 「재의 수요일」에서

　「재의 수요일」은 시인의 신앙 여정이 잘 드러나는 작품입니다. 인간이 성공을 향해 몸부림칠수록 작아지는 부질없음에 대한 자각을 되풀이 반복하면서, 시인은 손쉬운 믿음의 낙관 대신 끝없는 회의와 질문을 계속합니다. 저는 이 시를 매해 사순절이 시작하는 '재의 수요일'마다 읽고 사순절 내내 묵상하곤 합니다.

　시의 서두에서 시인은 단호히 말합니다. 다시 돌아서리라 희망하지 않는다고. 다시 알리라 희망하지도 않는다고. 이 사람의 재능과 저 사람의 기회를 바라는 일, 그런 것들을 얻으려 애쓰는 일을 하지 않겠노라고. 이 시가 발표된 것이 1930년이고 보면 시인의 나이 마흔둘일 때인데, 세속적인 기준에서 보면 날개를 접은 늙은 독수리와는 어울리지 않는 한창 나이지요. 그럼에도 시인은 날개 접은 늙은 독수리인 양, 아무것도 바라지 않고 시간이라는 가장 선명하고 확실한 흐름 속에서 허약한 영광의 맨얼굴을 봅니다.

얻는 것과 잃는 것, 탄생과 죽음, 꿈이 교차하는 사이사이, 돌아가리라 알리라 얻으리라 희망하지 않으려는 그 부정형의 갈망을 통하여 시인은 가장 간절하고 소박한 자세로 믿음의 밑바닥을 향해 나아갑니다.

시의 말미에 시인은 어리석은 우리가 스스로 조롱하지 않게 되기를 간절히 청하는데, 그러한 간청의 밑바닥은 어쩌면 우리 학생이 대수도원에서 본, 제각각 자기 자리에 고즈넉하게 놓인 말없는 사물들과 사람들의 모습과 닮아 있지 않나 싶습니다.

최근 우리 사회엔 온갖 종류의 적폐가 한꺼번에 민낯을 드러내고 있습니다. 돈을 향한 그릇된 욕망, 권력과 성추행과 폭력이 마치 해빙기의 아침처럼 햇살 받아 드러나 현기증이 날 정도입니다. 그동안 거짓으로 치장된 오도된 욕망과 비뚤어진 권위들이 억눌린 고통 속에서 적나라하게 드러나는 광경. 확실한 시간의 힘을 모르고 한 줌 권력이 영원한 줄 알고 허약한 영광을 쫓던 사람들, 그 영광의 거품이 처절하게 꺼지는 모습을 우리는 봅니다. 이러한 때, 자칫 우리는 모든 가치의 전도 속에서 믿음의 뿌리마저 상실하고 흔들리기 쉽습니다.

하지만 시인이 "한 가지 진정으로 덧없는 힘을 나 알지 못한다는 것을 알기에"라고 말하듯, 우리의 앎이 실은 무지를 자각하는 앎이라는 것을 알게 된다면, 우리 절망은 그냥 절망이 아니라 한결 의미 있는 절망이지 싶습니다. 눈을 떠서 보려는 노력이 알지 못하고 바라지 못하는 것을 자각하는 힘의 다른 이름이라고 한다면, 부정형으로 긍정되는 이 세계의 어떤 참됨에 우리가 가닿을 수 있을까요. 그토록 오래 미망의 시간 안에 갇혀 있던 이들의 눈이 더 빨리 떠질까요.

엄청난 폭우를 뚫고 다녀온 그 길 위에서 저는 자기 자리를 지키며 기도하는 이들의 보이지 않는 음성이 실은 이 알 수 없는 허약한 세계를 떠받치는 가장 굳건한 힘이라는 걸 다시 한 번 실감했습니다. 이 지상에서의 삶이 쥐어주는 권력, 그 힘에 기대어 타인을 조롱하고 상처 입히고 왕처럼 군림하던 이들은, 하나둘씩 그 왕국이 허물어지는 자리에서 주저앉아 초라하고 추한 얼굴을 드러냅니다.

깨어질 것 같지 않던 얼음이 깨지는 해빙기의 아침에 엘리엇의 시를 읽으며, 다시 알려고 다시 돌아가려고 바라지 않는, 아무것도 바라지 않는 지혜 속에 이 어두운 현실을 뚫고 나갈 빛의 시선이 들어오리라, 우리 믿음의 본 자리를 겸허히 그려봅니다. 그냥 있는 것은 아무것도 없습니다. 모든 사물, 모든 사건에 임하는 그 뜻을 새겨봅니다.

새로움은
끝에서
시작한다

정호승의 '봄길'

새로움은 이것저것 섞은 어떤 개성 없는 장이 아니라,
절망을 끝까지 겪어보고,
얼음의 추위를 온 몸으로 견뎌보고,
땅의 끝에서 그 막장의 벽을 두드리고 때리고
또 두드려 본 사람에게서 시작합니다.

길이 끝나는 곳에서도
길이 있다
길이 끝나는 곳에서도
길이 되는 사람이 있다
스스로 봄길이 되어
끝없이 걸어가는 사람이 있다
강물은 흐르다가 멈추고
새들은 날아가 돌아오지 않고
하늘과 땅 사이의 모든 꽃잎은 흩어져도
보라
사랑이 끝난 곳에서도
사랑으로 남아 있는 사람이 있다

새로움은 끝에서 시작한다

스스로 사랑이 되어
한없이 봄길을 걸어가는 사람이 있다

　　　　　　　　　— 정호승, 「봄길」에서

이 글은 어느 해 4월 시카고에서 썼습니다. 시카고대학교에서 열리는 워크숍에 초대받아서 출국하면서 그 전에 마무리해야지 했던 글을 그대로 가지고 온 것이지요. 출국 전에 산적한 다른 일로 바쁘기도 했지만, 다른 공간에서 다른 에너지로 좀 특별한 느낌으로 쓰고 싶었습니다. 잠시 머무는 나흘의 시간이 제게 또 다른 에너지를 줄 것으로 기대하면서 구름을 건너 넘어온 땅의 첫 밤에 시 「봄길」을 다시 읽었습니다. 아직 겨울 향기가 남아 있는 '바람의 도시'에서 상상하는 4월의 시간은 어쩐지 더 새로운 길이 열릴 것 같습니다.

4월은 황사 먼지도 있지만 일단 환하고 따뜻한 봄, 아지랑이 아득하게 올라오는 대지의 열기가 나무에 꽃을 틔우고, 우리는 햇살 받아 꼬박꼬박 졸기도 하겠지요. 실눈 뜨는 봄, 노란 봄, 봄은 여러 모습으로 우리에게 와 겨울 동안 인내한 힘으로 생명의 환희를 일깨워 줍니다.

하지만 4월은 시인 T. S. 엘리엇의 말을 빌리지 않더라도 우리에게 "가장 잔인한 달"이 되었습니다. 엘리엇은 「황

무지(The Waste Land)」라는 시에서 "4월은 가장 잔인한 달. 죽은 땅에서 라일락을 키워내고, 추억과 욕정을 뒤섞으며 봄비로 잠든 뿌리를 깨운다."라면서 생과 멸을 동시에 노래했지만, 우리에게 4월은 어린 목숨들이 바다에 수장되는 것을 속수무책으로 고스란히 지켜봐야 했던 무기력과 분노와 통탄할 슬픔의 4월이었습니다. 2014년 세월호 참사 이후로 저는 4월에는 어떤 희망도 꿈꿀 수 없으리라는 실로 무서운 예감에 시달렸지요. 저뿐만 아니라 수많은 분들이 비슷한 아픔을 꾹꾹 누르며 이 잔인한 시간을 견뎌왔겠지요.

그런데 어쩌면 우리는 다시 새로운 꿈을 꾸고 새로운 길을 만들어 나갈 수 있을지도 모르겠다는 희망을, 수년이 지난 지금에 와서 다시 조심스레 품어봅니다. 저는 지금 그 희망을 시 「봄길」과 더불어 이야기하려고 합니다. 시인은 햇살 포근한 봄길에서 이상하게 길이 끝나는 어떤 국면을 상상합니다. "길이 끝나는 곳에서도/ 길이 있다"라는 말로 시작되는 시. 그리고 다음 행에서 시인은 "길이 끝나는 곳에서도/ 길이 되는 사람이 있다"라고 합니다.

길의 끝. 우리가 흔히 막장이라고 부르는 그곳. 더는 나아갈 수가 없는 막다른 곳. 길의 끝에서 시인은 무엇을 보았던 것일까요? 바로 길이 되는 사람을 보았습니다. 길이 되는

사람이 있기에 길이 있는 것이겠지요. 그 사람은 길이 없는 곳, 길이 끝난 곳에서 스스로 봄길이 되어 끝없이 걸어갑니다. 이어 시인은 흐르다가 멈추는 강물, 날아가 돌아오지 않는 새들, 하늘과 땅 사이에서 흩어진 꽃잎들을 한 풍경 안에 부릅니다. 참으로 허망하고 막막한 예견입니다. 이제 어쩌나요? 이 절망의 땅에서 우리 어떻게 하나요?

하지만, 그 다음, "보라"라는 이음절의 단정하고 엄중한 명령어로 시인은 다시 말합니다. "사랑이 끝난 곳에서도/ 사랑으로 남아 있는 사람이 있다"고 말이지요. 사랑이 끝난 이 세상 가장 막다른 폐허에서도, 진창에서도 사랑으로 남아 스스로 사랑이 된 사람이 있다고요. 그이가 한없이 걷는 봄길. 그 봄길은 막다른 절망이 새로운 희망으로 움트는 곳입니다. 끊어진 물줄기가 이어지는 곳입니다. 보일 듯 보이지 않는 사랑의 씨앗이 다시 사랑을 틔우는 곳입니다.

이 시를 나직이 소리 내어 여러 번 읽어봅니다. 왜 시인은 다른 어떤 존재가 아닌 사람을 봄길에 내세웠을까요? 그건 바로, 사람이 없으면, 길을 걷는 사람이 없으면 이 세상은 아무것도 아니라는 자각 때문이 아닐까요?

우리는 늘 사람 때문에 웁니다. 사람 때문에 화를 내고 사람 때문에 분노합니다. 사람 때문에 절망합니다. 사람 때문에 쓰디쓴 배신감을 느낍니다. 네, 사람이 요물입니다. 하지만 시인은 다시 말합니다. 사람이 이 세상에 절망과 어둠과 단절과 쓰라린 분노를 가지고 오지만 결국 사람이 길을 만든다고. 사람이 길을 걸을 때, 끊어진 길을 새로운 길이 된다고 말입니다. 네. 사람만이, 오직 사람만이 희망입니다.

그러고 보니 시인 박노해는 "희망찬 사람은/ 그 자신이 희망이다/ 길 찾는 사람은/ 그 자신이 새 길이다"라고 노래했습니다. "참 좋은 사람은/ 그 자신이 이미 좋은 세상이다"라면서 시인은 결국 사람 속에서 모든 것이 들어 있고 사람 속에서 새로운 시작이 가능하다는 자각을 간결하게 표현한 것이지요.

우리가 기댈 것은 사람이니, 너와 내가 함께 걷는 이 길 속에서 새로운 희망이 가능하다고 말을 건넨 그 시절은, 사실은 우리 역사에서 가장 엄혹했던 시기이고 시인 박노해는 몸이 묶인 옥중에서 이 아름답고 사무치는 시를 썼습니다.

또 다른 시 「적멸에게」에서 시인 정호승은 "새벽별들이 스러진다/ 돌아보지 말고 가라/ 별들은 스러질 때 머뭇거리지 않는다/ 돌아보지 말고 가라"라고 합니다. 실로 매정하고 따끔한 권고입니다. 우리는 자꾸만 돌아보게 됩니다. 어제의 일을 돌아보고 지난 날의 일을 후회하고 그 후회에 얽

매여서 앞으로 나아가지 못하고 자꾸만 주저앉습니다. 시인이 '적멸'이라는 말로 순간의 사라짐을 이야기하는 것은 그 허망한 찰나의 사라짐에 방점을 두기보다는 그 찰나 너머의 어떤 움직임을 포착하기 때문입니다. 머뭇거리지 않는 장렬한 스러짐이 막힌 길을 뚫고 새로운 길을 나아가게 하는 원동력이 되기 때문이지요.

길을 노래한 시인은 참 많습니다. 바람과 길에 대한 시들도 많고요. 그런데 봄길에 이렇게 지독한 절망과 이렇게 단호한 희망을 노래한 시인은 많지 않습니다. 처음엔 의아하게 생각했던 봄길의 비밀이, 끝과 시작의 관계에 대해 묵상하면서 풀렸습니다. 봄의 길은 겨울을 통과한 길입니다.

시인 이문재가 "그래, 땅끝까지 가거라.// 홀로, 두 발로, 꾹꾹 지문 찍듯이 걸어, 땅의 끝까지 가거라, 가보아라/ 척추를 곧추 세우고, 그래 갈 때는, 갈 데까지 가는 것이다. 가보는 것이다./ 이마 위, 붉은 해 개의치 말아라. 검은 그림자 길어져도 뒤돌아보지 말아라.// 길은 언제나 앞 아니면 뒤이거늘, 왼편이나 오른편은 염두에 두지 말아라."라고 노래할 때도 새로운 길은 길의 끝에서 다시 시작했습니다. 땅끝은 땅의 시작이고, 절망은 희망의 시작이고, 겨울은 봄의 시작입니다.

네. 그래서 얼었던 땅이 녹고 진흙이 서로 엉기어 꽃 뿌리를 어루만지는 4월은 끔찍한 것이었군요. 잔인한 것이었군요. 그 끝을 딛고 새로운 무언가가 시작하기 때문에 대충 얼버무리는 화해나 타협, 대충 중간에서 돌아오는 길이 아니었던 것입니다. 새로움은 중간이 아니라 끝에서 시작합니다. 새로움은 이것저것 섞은 어떤 개성 없는 장이 아니라, 절망을 끝까지 겪어보고, 얼음의 추위를 온 몸으로 견뎌보고, 땅의 끝에서 그 막장의 벽을 두드리고 때리고 또 두드려 본 사람에게서 시작합니다. 죽음 너머의 인내, 절망 너머의 용기에서 사랑이 시작됩니다. 사랑이 사람이 되어 옵니다.

　이 글을 처음 만지작거리던 시카고의 새벽이 기억납니다. 채 겨울이 물러가지 않았고, 바람이 휘휘 창을 두드릴 때 저는 패배감, 실망감, 환멸, 분노, 슬픔 등 우리를 오래 묶고 있던 감정들을 생각했습니다. 너무 오래 막다른 길 앞에서 망연했던 우리, 하지만 다시 걸어야 한다고, 다시 시작해야 한다고, 다짐했습니다.

　함께 걷는 길이 얼마나 따뜻할 수 있는지, 진창이 얼마나 환할 수 있는지를 우리는 압니다. 다시 새 길을 걷는 이, 길이 되어야 하는 이는 다른 누구도 아니고 바로 당신입니다. 봄의 햇살을 받아 사랑으로 길을 틔우는 이, 스스로 길이 되는 이, 뒤를 돌아보지 않고 꼿꼿이 앞장서서 걷는 이, 바로 당신이 길의 시작, 봄길이고 봄빛이고 봄하늘이고 봄밤입니다. 별이 된 아이들이 보내는 희망의 전언입니다. 이제 더는 울지 않을 것입니다. 총총히 함께 걷는 봄길에서 싹트는 꽃 망울, 작은 제비꽃을 바라봅니다.

4부 | 비로소

누추함이
새것으로
바뀌는
시간

웬델 베리의 '구덩이'

새로운 것으로 다시 태어나는 일은
완벽히 깨끗한 어떤 무(無)에서 가능한 것이 아니라
지금까지 나를 있게 한 이 모든 잘못된 기대와
못난 행위들을 이 세상 돌아서 도착한
햇살 한 줌, 바람 한 줄기와 함께
오래 묵히고 묵혔을 때 가능한 일입니다.

봄이 시작될 때 나는 대지에
구덩이를 하나 판다네. 거기에 나는
겨울 동안 모은 종이를 넣지.
다시 읽고 싶지 않은 페이지들,
쓸모없는 말들, 파편들,
실수들. 또
헛간에 있는 것들도 넣지.
태양의 빛과 땅에서 자란 것,
하나의 여정을 막 끝냈기에.
그 다음 나는 하늘에게
바람에게 또 충직한 나무들에게
내 죄를 고백하지.

내게 주어진 행운을 생각하면
나는 충분히 행복해하지 않았다고.
너무 많은 소음에 귀를 기울였고,
경이로움에는 무관심했다고.
칭찬을 갈망했다고.
그러고 나서 거기 모여진 몸과 마음의
쓰레기들 위로 그 구덩이를 닫아,
그 어둠을, 죽음 없는 그 대지를
다시 닫아 접으면서,
그 봉인 아래에서
낡은 것이 새것으로 피어나네.

— 웬델 베리, 「정화」에서

    도무지 물러갈 것 같지 않던 겨울도 달디 단 봄비가 스미듯 내린 후에는 자취를 감춥니다. 겨울에서 봄으로 가는 길목은 늘 조금은 어수선하고 어지럽지만 마른 산 검은 흙에서 어느새 초록 잎들이 싹을 틔우고 꽃은 피어나고 있습니다. 겨울에서 봄으로 가는 생명의 흐름이 저절로 이루어지는 줄 알았는데, 나무도 흙도 바람도 햇살도 눈에 보이지 않지만 나름의 고투를 하고 있었겠지요.

겨울에서 봄으로 이행하는 길이 저절로 만들어지는
게 아니더라는 깨달음은 우연히 웬델 베리(Wendell Berry,
1934~)의 시를 읽다 왔습니다. 겨울에서 봄으로 가는 시간은
사순절을 지나 부활절 시기로 나아가는 길목과도 닮아 있습
니다. 사순절에는 각자의 절제와 봉사, 희생을 통해 그리스
도의 수난을 생각하는데, 예수님의 부활을 기다리는 그 인내
의 시간이 부활 이후를 예비하게 합니다.

길이 저절로 만들어지는 줄 알았는데, 낡은 것은 절로
새것이 되는 줄 알았는데, 오랜 인내와 기다림, 그리고 결단
이 함께해야만 한다는 것을 시인 또한 말합니다. 웬델 베리
는 미국의 생태 시인으로 농사를 지으며 시와 수필, 소설 등
다양한 집필 활동을 하면서 무도한 기계문명의 문제들을 비
판해 온 문명비평가입니다. 켄터키 주에서 태어나 평생 땅과
함께 숨쉬고 땅과 함께 글을 써온 시인은 반전생태주의자로
서 『월든(Walden)』의 작가 소로(Henry David Thoreau)의 뒤
를 잇고 있습니다.

베리는 남들이 다들 환영하는 기계문명의 발전에 대해
무척 회의적입니다. 기계와 기업만이 주인이 되는 세계는 인
간을 획일화하고 이 땅의 유한한 자연을 약탈한다고 보는 시
인은, 인간이 농사를 짓는 땅에서 공장으로, 고향에서 타향

라스 요르데, 「3월의 메스나 강」(1921년)

으로, 시골에서 도시로 내몰리면서 그것을 '해방'이라 불리기로 강요당한 순간부터 우리 삶이 뒤틀렸다고 지적합니다.

그리하여 시인은 우리의 삶이 근원적으로 어긋난 부분을 집요하게 응시하면서 시를 통해 그 어긋난 부분을 드러내고자 했지요. 평생 농사를 지으며 시를 쓴 시인이기에 그의 언어는 땅과 하늘의 순환 원리를 잘 알고 쓰는 자연을 닮아 있습니다.

시는 봄의 이야기입니다. 봄이 시작될 때 시인은 대지에 구덩이를 팝니다. 직접 농사를 짓는 시인이니만큼 씨를 뿌리는 씨앗 구멍(hole)을 파나 했더니, 그보다는 더 큰 구덩이(trench)를 판다네요. 'trench'는 전쟁 때 땅 아래 파는 참호를 뜻하기도 하고 도랑을 일컫기도 하지요. 봄이 시작될 때쯤 대지에 참호를 파고 시인은 무엇을 하는 걸까요? 거기 겨울 동안 모은 종이와 다시 읽고 싶지 않은 페이지들, 쓸모없는 말들을 넣는다고 하네요. 실수들도 넣고요.

주로 다시 보고 싶지 않고 떠올리기 싫은 것들을 넣는가 봅니다. 그게 전부는 아닙니다. 시인은 그 구덩이에 햇빛과 땅에서 자란 것도 넣는데, 그건 그네들의 여정을 한 바퀴 끝냈기 때문에 가능한 일입니다. 보기 싫은 것들에 더해 제 소임을 다한 자연의 기운들, 그 밖에 하늘과 바람에게, 충직한 나무들에게 하는 고백도 있습니다. 내가 아는 잘못, 내가 모르고 지은 죄, 내게로 온 것들을 충분이 기뻐하지 못한 죄, 충분히 감사하지 못한 죄, 내게 집중하지 않고 너무 많은 소음에 귀를 기울인 일, 경이로움에 눈을 뜨지 못하고 무심했던 일. 남이 해주는 칭찬에 목말랐던 일.

이 모든 것들은 곧 몸과 마음의 쓰레기들입니다. 이것들을 넣은 다음 시인은 그 구덩이를 완벽하게 봉인합니다. '봉인'을 뜻하는 'seal'은 샐 틈이 전혀 없이 봉하는 것을 의미합니다. 완벽한 밀폐 말이지요. 여기서 우리는 다시는 돌아보기 싫은 쓰레기장을 생각하고 아, 시원하다고 할지도 모르겠습니다.

하지만 시의 마지막 두 줄이 참 절묘한데, 시인은 햇빛도 바람도 물도 공기도 차단된 그 안에서 낡은 것들이 서서히 새것으로 바뀐다고 합니다. 저는 이 말에 주목했습니다. 시의 제목이 '정화(purification)'인데, 순수하게 만든다는 의미의 '정화'가 이처럼 버려야 하는 잘못과 후회와 반성 속에서 가능하다는 것이 놀랍습니다.

쓸모없는 말들, 보기 싫은 지면들, 떠올리기 싫은 일들, 나의 못남, 나의 후회와 자책들, 거기에 이 땅 위에서의 쓰임을 한 차례 다한 햇빛과 땅의 기운까지 더하여 낡은 것들이 새로운 것으로 바뀌는 과정. 완벽히 봉인된 그 구덩이에서 무슨 일이 일어나고 있는지 우리는 알지 못합니다. 다만 그 어둠을, 죽음이 없는 그 대지를 완벽히 봉한 그곳에서 비로소 낡은 것들이 새것으로 바뀌는 것, 영어의 원시에서 'escape into'라고 했는데, 이는 어떤 방향으로 빠져나온다는 뜻이지요. 이 누추하고 못난 낡은 것들이 새것으로 바뀌는 이 신비.

이 신비를 우리는 이성적으로는 잘 알지 못합니다. 하지만 우리가 사순절을 보내고 부활을 맞는 과정이 이 신비와 꼭 닮아 있습니다. 죽음을 넘어서는 부활이 바로 이런 것 아닐까요? 내가 가장 아끼고 좋아하던 대상에게서 우리는 가장 큰 상처를 받고 내가 가장 애달프게 바라보는 대상에게서 가장 큰 절망을 보고, 내가 가장 기대했던 일에서 가장 큰 좌절을 느낍니다. 새로운 것으로 다시 태어나는 일은 완벽히 깨끗한 어떤 무(無)에서 가능한 것이 아니라 지금까지 나를 있게 한 이 모든 잘못된 기대와 못난 행위들을 이 세상 돌아서 도착한 햇살 한 줌, 바람 한 줄기와 함께 오래 묵히고 묵혔을 때 가능한 일입니다.

뭔가 큰 잘못을 저지르고 크게 실패할 때, 우리는 대개 지나간 일을 돌이키려 합니다. 하지만 이미 엎질러진 물은 다시 담아지지 않고 이미 지나간 시간은 돌아오지 않습니다. 내 앞에 놓인 그 실수와 잘못과 오해를 겸허히 바라보면서 내가 귀 기울였던 소음의 뿌리를 응시하면서 그 지난 일을 봉인하는 것. 그래서 죽음이 없는 대지 속에서 새로운 기운으로 서서히 다시 정화되는 걸 기다리는 일. 시인은 그 놀라운 신비가 오직 완벽한 봉인 속에서 가능하다 합니다.

봄에 우리는 이 세상에 앞다투어 피는 꽃의 환희를 봅니다. 하지만 마음 한구석 여전히 봄꽃을 즐기지 못하는 소심함, 주고받은 상처를 잊지 못하는 자책, 충분히 행복하지 못하고 지나온 시간에 대한 과오들도 잊지 못합니다. 우리는 혹 아직도 이런 것들을 깊은 어둠 아래 봉인하지 못하고 미련하게 끌어안고 있는 것은 아닌지요.

한 존재가 떠나고 남긴 거름 위에서 새로운 존재가 삶을 이어가듯, 우리 모두는 자연이 소임을 다하고 남긴 햇살과 바람의 기운, 우리 자신이 남긴 욕심과 잘못들을 한데 모아 깊이 묻고 봉인하면서 새로움을 기다리는 인내를 배웁니다.

그 참호에 아직 묻지 못한 것이 무엇인가요? 무엇을 버리지 못해 애태우나요? 무엇을 기다리나요?

예상치
못한 순간에
드러나는
강인함

윌리엄스의 '석파화'

긴 고난 후에 새로운 출발을 예비하는 시간도
이처럼 고요한 기다림, 잠들지 못하고 준비하고
기다린 인내와 지혜를 통과하여
어느 순간 예기치 않은 바람처럼 오는 것 같습니다.

꽃은 언제 어떻게 피어날까요? 따스한 봄날 바람과 물과 좋은 흙이 만나서 꽃은 핍니다. 꽃은 곱고 예쁘고 보드라운 어떤 것, 꽃을 피우는 환경도 좋은 것들과 연관됩니다. 적절한 수분 머금은 땅에 투명하게 내리쬐는 봄날, 산들바람 부는 곳에서 꽃이 수줍게 고개를 내밉니다. 봄에서 가을까지 꽃이 많이 피는 까닭도 그러합니다.

그런데 이 시는 이상한 꽃을 소개합니다. 바위에 피는

* 영어 saxifrage를 사전에서 찾으면 '범의귀속'이라는 꽃이라고 한다. 하지만 이 시에서 등장하는 꽃과 우리가 알고 있는 범의귀속은 다른 꽃이며, 우리말로 적확한 의미를 전달하는 단어는 없다. 추운 지방에서 바위틈에서 피어나는 분홍꽃인데, 원래 라틴어 말의 뿌리 stone(saxum)-breaker(frangere)를 되살려 직역했다.

예상치 못한 순간에 드러나는 강인함

꽃을 '나의 꽃'이라고 하는데요. 이 시의 꽃과 더불어 꽃이 피어나는 시간과 장소에 대한 고정관념을 바꾸게 된 계기가 있었습니다. 어느 날, 멀리서 날아온 사진 한 장. 성지순례길, 피로한 여정, 먼지 이는 길가 카페에서 누군가가 보내주신 사진은 길에서 만난 꽃 한 송이를 담고 있었습니다. 척박한 바위틈, 메마른 땅에 검붉은 꽃 한 송이가 피어 있었습니다.

사진을 보내주신 분은 제가 잘 아는 신부님이었어요. 짧은 설명에 의하면, 그 꽃은 헤로데스 왕의 여름별장 가는 길에 피어 있었다 합니다. 요르단 마케루스로 향하는 도정. 메마른 바위땅에 핀 꽃이 너무 예뻐서 검색을 해보니 바로 아네모네 꽃이네요. 사막에 피는 그 꽃은 먼 예수님 시대부터 피던 꽃이라 합니다. 성경에 나리꽃으로 번역된 꽃도 실은 아네모네라고 하고, 우리가 흔히 흰 백합으로 잘못 알고 있는 꽃이 사실은 붉은 아네모네였습니다.

그 사진을 만난 날 제가 알고 있던 어떤 세계가 닫히고 새로운 시선이 환히 열리는 경험을 했습니다. 꽃은 좋은 환경에서 피기도 하지만, 생명력이 강한 꽃은 이처럼 척박한 바위틈에서 날것의 바람과 햇살을 받으며 피어난다는 것. 바위를 쪼개는 것은 바위보다 더 단단하고 힘이 센 어떤 것이 아니라 연약하고 부드러운 꽃의 힘이라는 것을 생생한 이미

지로 보았으니까요.

그날 오후 수업에서 시를 한 편 읽었습니다. 영화 「패터
슨」의 시인 윌리엄 칼로스 윌리엄스가 자신의 시 쓰기에 대
한 사유를 표현한 시입니다.

풀숲 밑에서
뱀이 기다리게 하라
글쓰기가 말이 되게 하라
느리고 재빠르고 예리한 말
일격을 위하여 잠도 없이
고요히 기다리는.
—사람들과 돌들을
화해시키는 은유를 통해.
지어내라. (생각이 아니라
사물들 속에) 발명하라!
석파화*는 바위를 쪼개는
나의 꽃이다.

　　　　　　— 윌리엄 칼로스 윌리엄스, 「일종의 노래」에서

수업에서 한 학생이 용감히 의견을 개진했는데, 다른

이미지는 다 이해가 가는데 마지막 부분, 바위를 쪼개어 꽃이 피는 이미지가 파괴적이라서 마땅치 않으니 촉촉하고 푸른 이끼 위에 꽃이 피는 걸로 했으면 더 좋지 않았을까 하는 주장이었습니다.

마른 바위를 갈라 꽃이 피어나는 파괴와 창조의 역설에 대해 어떻게 설명할까 고심하다가, 때마침 수업 들어가기 직전에 골똘히 들여다본 그 사진이 떠올랐지요. 때로 백 마디 설명보다 하나의 이미지가 더 큰 힘을 발휘하지요. 다행히 학생들은 사진을 보고 시의 의미를 금방 알아챘습니다.

우리는 다 함께 바위틈에 피어난 한 송이 붉은 아네모네를 바라보면서, 꽃이 피어나는 과정이 시를 쓰는 과정과 비슷하며 이는 예상치 못한 순간에 비로소 드러나는 부드러운 강인함이라는 데 의견을 모았습니다.

꽃이 피어나는 시간은 기다림의 시간입니다. 시를 쓰는 일도, 글을 읽는 일도, 하루하루 살아가는 우리 삶도 기다림과 인내의 연속입니다. 일상에서 받는 상처와 폭력, 관계에서 오는 아픔, 삶의 무게가 너무 무거워 언제 끝날지 모르는 터널 안에 갇힌 듯한 자괴감, 이런 것들을 견디며 우리는 한 걸음씩 앞으로 나아갑니다. 사진을 함께 보면서 학생들에게 마른 땅, 단단한 바위를 뚫고 기적처럼 환한 꽃이 피는 신비한 힘을 자각하고 있으면 지금의 절망과 어둠을 이길 힘도 생기지 않을까 말해 주었습니다.

꽃이 피는 시간은 긴 인내 후에 갑작스럽게 도달하는 어떤 깨달음입니다. 눈에 잘 띄지 않다가 문득 환하게 피어 우리 눈을 놀라게 하는 붉은 한 송이 꽃. 글 또한 밤을 새고 말을 고르는 인내의 시간을 지나 어느 순간 자기 자리를 찾아 드러납니다. 물론 쉽지는 않습니다. 메마른 땅의 돌 틈을 비집고 생명을 틔우는 게 어디 쉬울까요. 그래도 바람이 꽃씨를 날리고 햇살이 너그럽게 감싸며 긴 기다림 끝에 꽃이 피어납니다. 긴 밤이 지나고 새벽이 오듯, 연한 꽃이 피어나 무너질 것 같지 않은 단단한 현실에 균열을 냅니다.

우리도 바위에서 꽃이 피어나는 기적을 체험한 적이 있습니다. 2018년 판문점에서 높이 15센티미터, 폭 50센티미터 경계석을 사이에 두고 남과 북의 두 지도자가 만나 악수를 나누었지요. 한 발로 폴짝 뛰어넘을 수 있을 것 같은 그 돌을 넘는 게 그리 어려웠던가요.

그날 두 지도자가 한 목소리로 낸 「판문점 선언문」에는 다시는 이 땅에 전쟁이 없을 거라는 굳은 결의가 담겨 있었습니다. 언제 전쟁이 터질지 모르는 위기감이 늘 우리 일상을 불안하게 흔듭니다. 국제학술대회를 목전에 두고 안전을 이

요르단의 아네모네 꽃

유로 한국행을 취소하는 학자들이 있었고, 저의 외국인 친구들은 그 땅에 무서워서 어떻게 사느냐고 남북 긴장에 대한 뉴스가 나올 때마다 제게 안부를 묻는 메일을 보내곤 했습니다.

「판문점 선언문」은 휴전 상태로 아슬아슬하게 영위된 이 땅의 척박한 삶, 끝없는 군비 경쟁과 왜곡된 군사문화로 뒤틀릴 대로 뒤틀린 아픈 역사를 종식시키는 첫 걸음으로, 마치 사막의 바위틈에 피어난 붉은 꽃잎과도 같았습니다. 멀리 영국에 있는 저의 친구 Anna는 "은귀, TV 보면서 눈물이 났어, 너와 네 나라에 축복을 보낼게."라는 메일을 보내왔지요.

앞의 시에서 시인은 느리고 재빠르고 예리하게 찾아오는 시의 기적을 말합니다. 적절한 때를 위하여 잠도 없이 조용히 기다리는 뱀의 움직임처럼 시의 말도 그처럼 지혜로운 인내 속에 더듬어 찾아진다고요. 긴 고난 후에 새로운 출발을 예비하는 시간도 이처럼 고요한 기다림, 잠들지 못하고 준비하고 기다린 인내와 지혜를 통과하여 어느 순간 예기치 않은 바람처럼 오는 것 같습니다. 시인이 바위틈에서 꽃이 피어나는 시간을 시 쓰기와 연결했다면 저는 우리 역사에서 꿈처럼 왔다 간 설레는 현장과 연결하고 싶습니다.

아네모네 꽃은 바람을 뜻하는 그리스어 '아네모스'에서 비롯된 이름입니다. 바람꽃 아네모네의 꽃말은 '기다림, 인내, 변하지 않는 사랑'이라지요. 지금 이 땅에 해빙기의 봄이 다시 찾아온다면 바위틈에서 아네모네를 피워낸 기적과도 같겠지요. 시에서 말하듯 이는 그냥 오는 것이 아닙니다. 기다리고 인내하고 골똘하고 '지어내고 발명해야' 하는 일입니다. 사람과 돌, 절대로 화해할 수 없을 것 같은 대상을 화해하고 서로 맞춤으로 만드는 일은 쉽게 오지 않습니다.

앞으로 우리가 이 땅에 평화를 더 단단히 뿌리 내리고 조화롭게 살아가는 환경을 만드는 일도 꽃이 피어나는 시간과 닮아 있겠지요. 척박한 돌 틈에서 피어나는 꽃처럼 지혜와 인내의 시간이 필요하겠지요. 요르단의 어느 이름 없는 길에서 예수님 시절부터 지금까지 지지 않고 피어난 붉은 아네모네가 먼 곳에서 온 순례객의 피로한 눈을 환히 뜨게 했습니다.

또 그 꽃이 '지금 여기'의 공간으로 절묘한 순간에 날아와서 저와 우리 학생들에게 생이 주는 어떤 기적의 순간을 환히 보여주었습니다. 이와 같이 지혜와 인내는 가능성의 꽃, 그 꽃은 기다림 속에서 알지 못하는 순간에 문득 피어날 것입니다.

다시
시작할 수
있을 때

딜런의 '구르는 돌'

내게 남은 게 아무것도 없게 된 순간은
우리 존재의 가장 중요한 참된 자리를 자각하는
지혜의 시간, 눈뜸의 시간입니다.

한때 당신, 무척이나 근사하게 차려입고
잘나갈 때 거지들에게 잔돈푼이나 던져주었지, 안
　그래?
사람들이 전화해서 말하곤 했지.
"조심해, 예쁜 아가씨야, 그러다 무너질 거야."
당신, 그 사람들이 농담하는 줄 알았지
당신은 비웃곤 했지
하릴없이 어슬렁거리는 사람들을,
하지만 지금 당신은 말도 크게 못 하고
좀 창피해하네.
다음 끼니는 어쩌나 헤매야 하기에

기분이 어떤가?
기분이 어떠냐고?
집 없이 떠도는 게
아무도 알아주지 않는
구르는 돌처럼 살아가는 게?

고독 양(Miss Lonely), 당신 최고 학교를 갔잖아.
그러나 당신 알아, 거기에만 폭 빠져서는
아무도 거리에서 사는 방법을 알려주지 않았지.
이젠 당신, 그런 길에 익숙해져야 해,
당신은 이상한 껄렁이와는 타협하지 않겠다고 했지.
하지만 이제 당신 알겠지.
그이는 알리바이를 팔지는 않아.
당신이 그 사람 눈에 담긴 공허함을 응시하며
협상을 하자고 제안할 때에

기분이 어떤가?
기분이 어떠냐고?
집 없이 떠도는 게
아무도 알아주지 않는

구르는 돌처럼 살아가는 게?

— 밥 딜런, 「구르는 돌처럼」에서

2016년 노벨문학상을 깜짝 수상해 우리를 놀라게 한 밥 딜런(Bob Dylan, 1941~)의 시를 읽습니다. 구르는 돌은 어떤 존재일까요? '구르는 돌' 하면 "구르는 돌에는 이끼가 끼지 않는다."(A rolling stone gathers no moss.)라는 영어 속담이 먼저 생각납니다. 구르는 돌은 어디 한 군데 정착하지 못하는 존재입니다. 구르는 돌은 발길에 언제 채일지 알 수 없는 존재, 가장 흔한 존재, 가장 비천하고 가장 초라하고 가장 가없은 존재, 무언가를 성취하기 힘든 존재입니다.

모두가 평안과 안락을 꿈꾸는 세상, 모든 부모는 자기 자식을 왕자와 공주로 만들어 금수저를 물려주고 싶은 마음을 품고 살지요? 저마다 죽을 힘을 다해 버티고 싸우는 이 세상에서 "구르는 돌처럼"은 어떤 메시지를 전하는 걸까요?

이 노래는 1965년 밥 딜런이 싱글 앨범으로 발표했을 당시 미국에서 2위, 캐나다에서 3위, 영국에서 4위에 올랐고, 미국 주크박스 순위를 매기던 캐시박스 차트 1위에 오르는 기염을 토했습니다. 2004년과 2010년 두 번이나 음악 전문지 《롤링스톤》에서 역대 최고 곡으로 선정된 적이 있는

팝의 명곡입니다. 밥 딜런을 시인이라고 생각하는 저는 이 노래를 아주 좋은 시로 읽습니다.

밥 딜런은 노동자들의 음유시인 우디 거스리(Woody Guthrie)를 닮고자 뉴욕에 와서 비교적 어린 나이에 대중의 인지도를 얻게 되었는데, 이 노래를 만든 때는 노래를 그만 부르고 싶을 만큼 에너지가 고갈된 상황이었다고 하지요. 이 노래를 만들어 부르면서 밥 딜런은 즐거워할 수 있는 뭔가를 밖에서가 아니라 안에서 길어 올리는 에너지를 스스로 회복할 수 있었다고 합니다. 원래 시가 제법 많이 길어서 여기서는 일부만 소개했는데, 긴 길이에 비해 가사의 흐름과 내용은 비교적 단순합니다.

"한때 당신 무척이나 근사하게 차려입고"라는 첫 줄은 영어로 "Once upon a time you dressed so fine"이라고 되어 있지요. 이 시는 상류층에서 온갖 특혜를 누리고 즐기다가 하루아침에 몰락해서 외톨이가 된 여성을 그리고 있습니다. 누구를 만나든 자신에게 잘 보이려는 아첨꾼들에 둘러싸여 돈과 권세를 마음대로 누리던 이 여인은, 노래 안에서 '고독 양(Miss Lonely)'이라고 지칭됩니다. 이놈 저놈에게 돈을 뿌리고 만나는 사람들마다 웃음을 보이던 너무나 잘나가던 그 '고독 양'은, 첫 연 마지막에 이르러 이제는 끼니 걱정을 해야 하는 가련한 신세가 되었습니다. 하루아침의 몰락이지요.

좋은 학교 다니며 좋은 사람들에게 둘러싸여 시간과 돈을 마음대로 펑펑 쓰던 여성에게 아무도 사는 방법을 가르쳐 준 적이 없습니다. 그저 펑펑 쓰는 사치만 알아서 아껴 쓰는 법도, 제 힘으로 돈을 버는 법도, 길거리에서 되는 대로 살아가는 법도, 아무것도 모릅니다. 누구도 가르쳐주지 않았고 한 번도 배울 생각을 하지 않았던 삶의 방식, 실은 모든 평범한 사람들이 살아가는 방법인데 말이지요.

밥 딜런은 "집 없이 떠돌며 아무도 알아주지 않는 돌처럼 살아가는 게 어떤가" 하고 반복해서 되물으면서 '고독 양'이 처한 딜레마를 일깨우고 있습니다. 한때 그 고독 양에게 잘 보이려 달려들던 사람들, 간과 쓸개라도 빼줄 것 같던 이들은 이제 와서는 모두 고독 양을 외면합니다. 빈털터리에 모든 것을 잃은 여자는 더 이상 소용이 없으니까요.

이 노래가 그리고 있는 고독 양의 마음 안으로 한 번 들어가 볼까요? 한때 잘나갔던 나, 아무 걱정 없이 부모에게 받은 것에 의지해 휘두르던 내 재력과 권력은 다 어디 갔지? 내 앞에서 묘기를 부리던 광대와 곡예사들도 많았는데, 눈길 한 번 주지 않곤 했는데, 내가 상대하던 사람들은 모두 재력 있고 사교술 뛰어난 잘나가는 사람들뿐이었는데, 나를 실컷 이용하고선 지금 와서 나를 돌아보지도 않네?

이 스토리는 종종 우리 사회를 떠들썩하게 한 스캔들의 주인공들을 떠올리게 합니다. 성공가도를 달리다 예상치 못한 순간에 삐끗 실패해서 처절한 몰락의 경험을 해본 이의 이야기이기도 합니다. 이 노래는 금수저로 태어나 그런 삶을 살았든, 혹은 자신이 스스로 일군 성공의 삶을 살았든, 화려한 최고의 자리를 맘껏 누리다 한순간에 미끄러진 존재들의 허무함과 배신감, 비참함을 다 담고 있습니다.

집 없이 떠돌아다니는 이들의 겨울을 생각해 봅니다. 메마른 바람 부는 겨울 골목, 누렇게 바랜 신문지 한 장이 바람에 휘 날아 올라가고 좁은 골목에는 부서진 연탄재가 뒹굴고, 거기 구르는 돌들은 오가는 이들의 성난 발길에 이리저리 채이고 있습니다. 그 비참과 몰락의 순간, 죽지도 살지도 못하는 그 상상할 수 없는 끔찍한 순간에 와서야 어쩌면 우리는 생의 원리를 알게 되는 건지도 모르겠습니다.

그 순간 내게 손 내밀어 따뜻한 온기를 나누는 이, 내 몰락과 상실을 안타까워하면서 함께 앓고 이해해 주는 이가 나의 가장 진실된 친구이며, 나는 이제야 어떻게 살아야 하는가 하는 문제에 처음으로 직면합니다.

밥 딜런(1963년)

내려가는 길, 추락하는 순간, 우리 곁에 아무도 없을 때 우리는 우리 삶을 돌아보게 됩니다. 그래서 노래의 말미에 밥 딜런은 말합니다. "아무것도 없을 때, 당신은 잃을 것도 없어/ 이제 당신은 눈에 띄지도 않는 하찮은 존재, 더 이상 감출 비밀도 없지"라고요.

여기에서 "아무것도 없을 때 당신은 잃을 것도 없다."라는 말이 갖는 폭발적인 잠재력을 좀 더 이야기하고 싶습니다. 손에 쥐고 있는 것이 많을 때 우리는 망설이게 됩니다. 잃을까 두려워서겠지요. 내게 남은 게 아무것도 없을 때 마음이 허허롭고 자유로워집니다.

그 낮은 자리에서 비로소 우리는 허욕과 허명의 민낯을 보게 됩니다. 내가 기대었던 것들이 결국 아무것도 아니라는 걸 알게 되는 순간 우리는 삶의 참된 지혜에 눈을 뜨게 됩니다. 내게 남은 게 아무것도 없게 된 순간은 우리 존재의 가장 중요한 참된 자리를 자각하는 지혜의 시간, 눈뜸의 시간입니다. 내 존재에 덧씌워진 명예나 돈, 권력이 실은 아무것도 아니었고 내 곁에 머물던 사람들은 나의 그 허명에 현혹되어 곁에 있었던 것, 지금 가장 낮은 곳에 있는 나를 살피는 이가 나의 참된 벗입니다.

바로 이 시점, 아무것도 없을 때 잃을 것도 없게 된 바로 지금의 시간은 우리가 새로운 마음으로 새 걸음을 딛기에 가장 적절한 출발 지점이 됩니다. '고독 양'은 물질주의로 치닫던 1960년대 미국의 자화상이기도 하지만, 지금 우리 사회의 자화상이기도 합니다. 국민에게 받은 귀한 권력을 사적으로 휘두른 눈먼 누군가의 모습이며, 내 배 불리기에만 몰두한 채 공공의 가치와 정의와 평등의 원칙을 외면하고 사적인 이익만 앞세워 경쟁 일변도의 사회를 만들어온 우리 모두의 모습입니다.

그러므로 지금 가장 낮아지고 비참하고 가난해진 우리의 부끄러움은, 각자의 가장 빈 자리를 응시하면서 거기서부터 마음을 다잡아 새로운 눈뜸과 지혜를 길러내는 새 출발을 해야겠다는 다짐으로 바뀝니다. 우리 모두가 구르는 돌이 됩니다. 구르는 돌처럼, 잃을 것 없이 나선 길 위의 작은 우리들. 모두가 함께 "구르는 돌처럼" 빈 마음으로 걷는 길. 그 길은 어쩌면 우리가 미처 알지 못했던 나눔과 사랑의 길이 될 것입니다.

내려놓을 때
비로소
얻는 것

칼 샌드버그의 행복

욕심을 줄이고 더 비우면서
함께 하는 삶 속에 행복이 있습니다.

삶의 의미를 가르치는 교수들에게 나는 물었지.
행복이 무엇인지 내게 말해 줄 수 있냐고.
또 나는 수천 명의 사람들을 부리는
유명한 사장들도 찾아갔지.
그들은 다 고개를 흔들고는 내게 웃음 지었어.
마치 내가 자기네들을 놀리기라도 하는 듯.
그러던 어느 일요일 오후 나는 데플랜 강가를 이리저리
 걷고 있었어.
그리고 나는 봤지. 한 무리의 헝가리인들이 나무 아래
아이들과 아내들과 맥주통과 아코디언과 함께 있는 걸
 봤지.

　　　　　　　　　　　— 칼 샌드버그, 「행복」에서

이 시는 '행복'이라는 쉽고도 어려운, 평범하고도 낯선 제목을 달고 있습니다. '행복,' '사랑,' '평화', 이런 단어들은 '삶'이나 '죽음'만큼이나 시의 제목으로 잘 쓰지 않는 단어들이거든요. 게다가 시인은 '행복'이라는 단어와는 거리가 먼 힘든 환경에서 자랐고, 노동에 대한 시를 많이 쓴 시인입니다. 칼 샌드버그(Carl Sandburg, 1878~1967). 지금은 미국의 시카고를 대표하는 시인으로 자리매김되었지만요.

일리노이 주 게일스버그에서 스웨덴계 대장장이의 아들로 태어난 칼 샌드버그는 미국에서 노동자들의 삶을 진솔하게 쓴 시인으로 유명합니다. 샌드버그는 집이 너무 가난해서 열세 살에 공부를 그만두고 우유 배달하는 마차를 몰았다고 하네요. 그 이후 몇 년 동안은 호텔에서 수위를 했고요.

스물다섯 살의 나이에 고향을 떠나 대도시 시카고로 오는데, 때마침 미국의 큰 도시들이 근대화 바람으로 맹렬하게 팽창하던 시기였습니다. 가난한 노동자 출신 젊은이가 아는 사람 하나 없는 도시에서 할 수 있는 일이라곤 몸으로 때우는 일밖에 없었지요. 벽돌공에서부터 이발소 점원, 접시닦이 등 온갖 직업을 전전하던 샌드버그는 그 생생한 경험을 시의 질료로 삼습니다.

그의 대표시 「시카고(Chicago)」는 19세기 미국시의 아버지 월트 휘트먼(Walt Whitman, 1819~1892)의 자유분방한 언어와 리듬을 연상케 하는데, "이게 시야?"라는 질문을 던질 정도로 적나라하고 거칠고 솔직한 입담으로 당시 활발하게 건설 중인 도시 시카고와 노동하는 인간들의 일상을 잘 담아내고 있습니다.

새로운 근대화의 중심지이자 문화의 중심지, 미국적 힘의 상징으로 거듭나는 시카고를 그리고 있는 이 시는 급진적이고 민중적이고 실험적인 요소로 샌드버그의 대표시로 자리매김됩니다. 또 샌드버그는 에이브러햄 링컨의 전기를 총 여섯 권의 어마어마한 분량으로 쓰기도 했는데, 이 전기로 퓰리처상의 영광을 누립니다.

앞서 '행복'이란 제목의 시가 많지 않다고 말씀드렸는데, 대중적인 시에서는 더러 있지만 문학적 가치를 우선시하는 작품들에는 이 제목이 그다지 눈에 띄지 않는 건 사실입니다. 행복이 뭘까요? 우리는 언제 행복을 느낄까요?

이 쉬운 질문을 던져놓고선 막상 대답이 어려워 저는 버릇처럼 사전을 찾아보았답니다. 사전에 따르면, 행복은 '복된 운수'이며 '생활에서 충분한 만족과 기쁨을 느끼어 흐뭇한 상태'라고 합니다. 그렇다면 생활에서 느끼는 만족과 기쁨은 어디에서 오는 걸까요? 이 질문에 답하려면 거꾸로 무엇이 없을 때 우리는 불만스러운지, 혹은 슬프고 힘든지를 물어보는 것도 한 방법인 것 같습니다.

이렇게 질문을 바꾸어 보면 비교적 쉽게 답이 나올지도 모르겠습니다. 현대인을 가장 많이 옭아매는 것은 바로 돈, 명예, 혹은 지식이니까요. 시인은 여기서 출발합니다. 그래서 시인이 행복에 대해 묻는 첫 사람이 바로 대학에서 학문과 교육을 하는 교수입니다. 부끄럽게도 제가 속한 직업군입니다. 삶의 의미를 가르치는 사람이라고 하는데, 제가 삶의 의미를 잘 가르치고 있는지 모르겠기에 좀 부끄럽습니다.

그런데 교수는 '행복이 뭔가'라는 질문에 대답을 하지 못합니다. 학식과 지성의 대명사, 명예롭고 고상한 직업인데, 행복이 뭔지 왜 대답하지 못할까요? 그래서 시인은 사업가들에게 묻습니다. 제가 '사람들을 부리는' 유명한 사장들이라고 번역했지만 원문에는 수천 명의 '보스(boss)'로 있는 유명한 기업가라고 되어 있습니다.

사업가는 바로 돈을 상징하는 인물입니다. 삶의 의미를 가르치고 학식이 뛰어난 교수에게 물어서 답이 없자, 시인은 돈을 잘 버는 기업가에게 물어봅니다. 수천 명을 거느리는 기업가는 작은 중소기업이 아니라 그 시절로서는 엄청나게 큰 회사였으니까요.

그런데 교수나 사업가나 모두 이런 질문을 하는 시의 화자를 "너 뭐하니? 우리 가지고 놀고 있는 거니?"라는 생뚱맞은 표정으로 봅니다. 아마도 이 질문은 평소에 그 사람들이 살면서 한 번도 해보지 않은 질문일 겁니다. 그러니 그 질문의 생경함에 놀림을 받고 있다는 생각을 하는 것이지요.

두 번의 실패 끝에 시인은 행복이 뭔가에 대한 대답을 직접 하지 않습니다. 그 대신 어느 일요일 오후 가장 한적한 시간에 거닐면서 만난 어떤 풍경을 담담하게 목판화처럼 과장 없이 간결하게 그리고 있습니다.

데플랜 강은 프랑스어로 '평원지대' 혹은 '초원'을 의미합니다. 위스콘신 주 남부에서 발원한 강이 늪지대를 거쳐 남쪽으로 흐르다 일리노이 주로 흘러갑니다. 강가에서 놀고 있는 일군의 사람들을 본 풍경을 목판화처럼 간결히 그려냄으로써, 이 시는 '행복이 과연 뭘까?'라는 질문을 다시 끄집어냅니다.

휴일에 나무 아래서 식구들과 맥주를 마시며 즐거이 아코디언을 연주하는 삶. 거기엔 노래가 있고 휴식이 있고 가족이 있지요. 누가 생각해도 부러운 풍경입니다. 그런데 왜 하필 수많은 사람들 중에서 헝가리인들일까요? 시인이 산책길에 이런 장면을 실제 보았을 수도 있겠지만, 다른 종족이

칼 샌드버그(1941년)

아닌 헝가리인들이라는 것도 이 시에서는 중요한 의미가 있습니다.

헝가리인들은 1차 세계대전 이전에 대거 미국으로 이민을 왔는데, 대부분 가난한 농부와 젠트리(토지를 소유한 중산층) 출신들로 미국땅에 와서 돈을 벌어 조그만 땅이라도 사서 경작하려는 꿈을 품고 대서양을 건넜다고 합니다.

시인이 수많은 인종들 중에 헝가리인이라고 명시한 것은 그들이 당시 미국 사회에서 가장 힘들게 생활하는 이민자 그룹을 대표하기 때문입니다. 헝가리인들은 모국에서도 경제적 상황이 유난히 어려웠고 미국에 와서도 높은 지위에 쉽게 오르지 못하고 일일노동자로 전전하는 사람들이 많았지요.

이 시의 묘미는 바로 이처럼 이름 없이 고향을 떠나와 새로 도착한 사회에서도 중심이 되지 못하고 밀려난 사람들을 풍경의 중심으로 호출한 것입니다. 아무도 주목하지 않는 주변인들의 일상, 달콤하고 행복한 자유로움을 누리는 장면을 포착한 시인의 시선은, 그래서 아름답고 담대합니다.

배움 많은 교수도 부자 사업가도 잘 알지 못하는 '행복'은, 나무 그늘 아래 있었습니다. 일요일 오후 강가에서 아이들과 아내와 함께 노래를 부르던 순간. 가난하고 팍팍한 일상에서 아마 이들에게 주어진 휴식은 바로 그때뿐일 것입니다.

하지만 그 일요일 오후의 강가 나무 그늘에서 음악과 술과 가족과 함께하는 그 순간은 지상의 어떤 고상하고 대단한 것도 대체하지 못하는 "함께 살아 있음" 때문에 환하게 빛납니다. "그게 바로 행복이다"라고 시인이 단언하지 않지만, 이 시는 행복이 무엇인지에 대해 명징하게 알려줍니다.

돈, 학식, 지성, 명예, 그 어떤 것도 행복의 자리에 쉽게 들어올 수 없습니다. 가족에 대한 사랑과 배려, 함께 있음, 함께 있으면서 나누는 그 순간의 환한 웃음들. 그게 바로 행복입니다.

글을 쓰다 생각해 보니 우리 시에도 행복이란 제목의 시를 쓴 시인이 꽤 됩니다. 청마 유치환의 「행복」은 "사랑하는 것은/ 사랑을 받느니보다 행복하나니라/ 오늘도 나는/ 에메랄드빛 하늘이 환히 내다뵈는/ 우체국 창문 앞에 와서 너에게 편지를 쓴다."라고 했습니다. 사랑하는 이에게 즐겁고 다정한 인사를 전하는 일. 그래서 시는 "그리운 이여 그러면 안녕!/ 설령 이것이 이 세상 마지막 인사가 될지라도/ 사랑하였으므로 나는 진정 행복하였네."라고 끝을 맺고 있습니다.

독일 시인 헤르만 헤세는 「행복」에 대해, 행복을 추구하는 한 행복할 만큼 성숙해 있지 않은 거라고 단언하면서, "모든 소망을 단념하고/ 목표와 욕망도 잊어버리고/ 행복을 입 밖에 내지 않을 때" 그제야 세상일에 마음 괴롭지 않고 영혼은 평화를 찾게 된다고 말한 적이 있습니다. 그 순간이 아마 행복한 순간이라는 뜻이겠지요. 내려놓을 때 비로소 얻게 되는 것.

그러고 보면 클로버의 비유도 떠오르네요. 우리가 늘 '행운'을 상징하는 네 잎 클로버를 찾아 헤매지만, 실상 우리 주변에 널린 세 잎 클로버, 그게 바로 '행복'이라고요. 평생을 노동자의 벗으로 살았던 시인 칼 샌드버그는 아무리 가난하고 힘겨운 삶이라 하더라도 살아 있는 일상에서 함께하는 시간 속에 가장 반짝이는 생의 환희가 있음을 포착합니다.

우리는 늘, 행복보다는 불행에 더 익숙했던 것 같아요. 국가적으로나 민족적으로 또 집단적으로, 가족적으로, 개인적으로, 늘 더 높은 곳을 향해 달렸기에 아래를 보지 못했고, 늘 늦었다 생각했기에 옆에 누가 있는지를 잊었습니다. 각자도생의 시절, 행복보다는 결핍과 불안이 컸습니다. 그래서 가족도 각자 따로 외로이 떠돌고, 같은 자리에 앉은 연인도 각자의 전화기만 들여다봅니다. 소중한 이들과 함께 지내는 시간 속의 기쁨을 희생하면서 그저 돈과 명예, 지위라는 허상만을 쫓아왔습니다. 바로 그래서 불행했고 결핍에 시달렸나 봅니다.

그러고 보면 현대에 와서 '가난'은 어쩌면 생의 조건인데 부끄럽고 탈피해야 할 것으로 죄악시되어 왔습니다. 가난에서 탈피하려고, 절대 가난에서 벗어나면 상대적인 가난에서 조금이라도 더 위로 올라가려고 몸부림치면서 우리는 '함께 있음'이라는 소중한 가치를 밀쳐두었습니다. 곁에 마음 나눌 수 있는 이가 있다면, 그와 어느 오후 산책길을 함께할 수 있다면, 함께 맥주 한 잔 마실 수 있다면, 함께 노래하고 웃을 수 있다면…….

우리를 몰아치는 무한경쟁과 무한성장은 나눔이 없이는 그 자체로 고통입니다. 욕심을 줄이고 더 비우면서 함께 하는 삶 속에 행복이 있습니다. 그런데 그것은 용기와 결단을 필요로 하는 일. 지금 이 순간 소중한 이와의 대화, 웃음, 노래, 차 한 잔. 어떤가요? 어제보다 오늘 더 행복한가요?

더 작은
것과
소통하기

_____

이성복의 '작은 존재들'

생태적인 사유란 이처럼 사물과 존재에 대해
다른 눈을 뜨게 하는 것,
그 다른 눈을 통하여 생명의 존재 방식에
새롭게 귀 기울이는 것이라 할 수 있겠지요.

다른 어느 때보다도 컴퓨터 앞에 앉아서 화면의 빈 공간을 응시하는 시간이 길었습니다. 시를 통한 즐거운 소통이 이루어지는 이 귀한 지면을 앞에 두고서, '즐겁게 이야기하기'가 도무지 힘든 상황에서는 어떻게 소통의 문을 두드려야 할지 여러 날 밤을 고민했습니다.

글자를 채우지 않고 하얗게 텅 빈 공간 그대로 여백으로 남겨두고서 그 침묵 가운데서 떠도는 보이지 않는 말들로 여러분들과 색다른 '무언( )'의 소통을 시도해 보면 어떨까, 그런 생각도 하면서요. 하얀 여백의 공간을 그대로 두었더라면 여러분은 어떤 생각들을 그 침묵 안에서 길어 올렸을까요?

글을 쓰기 힘든 가없는 막막함 속에서 시인들을 떠올렸

습니다. 시를 한자어로 풀어내면 '말의 사원'이 되는데, 말의 '집'이 아니라 말의 '사원'이라는 점이 참 적절한 비유라는 생각이 듭니다.

사원은 이 세상에서 가장 가난한 영혼이 모여서 기도하는 공간이지요. 우리가 함께 살아가는 이 세상에서 기댈 곳을 찾기 힘든 이들, 어디에도 호소할 데 없이, 입은 있으되 말은 할 수 없는, 입이 없는 존재들이 마지막으로 기대는 소통의 공간이기도 합니다.

그 말의 사원이 바로 시라고 할 때, 어쩌면 말의 사원을 짓는 시인들은 다른 의미의 '사제'가 아닌가 하는 생각이 들었습니다. 그러면서 세상 낮은 곳에 사는 이들의 말을 귀담아듣는 사제처럼, 세상 가장 낮은 곳에 가장 작고 비루한 모습으로 존재하는 것들을 노래하는 시인의 시간에 대해서 생각했습니다.

시인들은 단어 하나하나를 길어 올리는 데도 무척이나 긴 시간이 걸립니다. 이성복 시인은 글쓰기를 두고 "언어라는 연약한 물풀에 몸을 감고 밤새 뒤척이며 날 새기를 기다리는 것"과 같다고 표현했지요.

때로 시인은 마음에 드는 단어 하나를 찾아서 긴 밤을 지새우기도 하고, 또 때로는 그 기나긴 침묵과 무언의 시간

뒤에도 찾아오지 않는 그 하나의 단어 때문에 쓰고 있던 시를 덮어 폐기하기도 합니다.

시인들은 왜 시를 쓰는 것일까요? 이런 괴로움을 왜 찾아 나서는 것일까요? 시는 어째서 무수한 시인들의 밤을 앗아가는 몸부림 속에서 태어나는 것일까요? 우리가 시를 만날 때 흔히 이야기하는 '시적인 것'은 무엇을 두고 이르는 말일까요? 시는, 언어는, 기와나 벽돌과 달리 집을 짓지도 못하고 논의 볍씨처럼 자라나서 따뜻한 밥 한 톨 만들어 내지도 못하는데 말입니다.

시인들은 바보라서 그토록 힘들게 언어라는 연약한 물풀에 몸을 감고 기약 없는 기다림을 하고 있는 걸까요? 우리는 도대체 어떤 힘으로 무언가 깨달았다는 듯, 어떤 위로를 받았다는 듯, 가슴 한구석 저미는 기쁨인지 슬픔인지 모를 느낌들을 껴안는 것일까요?

이런 질문들을 새삼 던지는 것은 우리 삶의 현실과 시의 관계를 다시 되짚어 생각하기 위해서랍니다. 시나 문학은 흔히 현실과 동떨어진 영역에 있다고 생각하기 쉽지만, 사실 시는 현실을 바라보는 어떤 '다른' 시각을 제공함으로써 현실을 뚫고 나아갈 수 있는 힘을 주는 것 같아요.

한때 저는 제 삶의 여러 버거운 질문들로 어깨에 혼자

세상을 다 짊어진 것처럼 무겁게 걷던 날이 있었답니다. 지금도 하루하루의 날들이 그렇게 만만한 것은 아니지만요. 어려운 현실 속에서 희망은 어디에 있는지 어떤 가치를 지향하고 가르치고 나누어야 하는지 고민하는 일들이 지금도 쉽지는 않지만요. 그때 제 눈을 번쩍 뜨이게 한 구절이 있었으니, 바로 "생각해 보라. 네 고통은 나뭇잎 하나 푸르게 하지 못한다."라는 시인의 글이었답니다. 아, 나의 고통과 나뭇잎이 무슨 관계란 말인가? 그 질문이 저를 곧추세웠습니다.

"나뭇잎 하나 푸르게 하지 못하는" 네 고통에 대한 시인의 따끔한 한마디가 이 세상과 이 세상을 살아가는 미물들, 생명들, 그리고 나의 존재에 대한 저의 안이한 의식을 뒤흔들었던 거지요. 저는 그만 제 고민들이 부끄러워지기 시작했고, 나와 타인의 관계에 대한 성찰을 배우게 되었지요.

그때의 그 깨달음이야말로 우리가 '시적인' 것이라 이름 붙일 수 있는 만남일 텐데요. 그렇다면 시적인 만남이라는 것은 사물을 다르게 보는 눈을 열어주는 만남이라 할 수 있다는 생각이 듭니다.

이번에 함께 읽을 시는 바로 입이 없는 존재들에 대한 성찰을 가능하게 해주는 시입니다. 이성복 시인의 「아, 입이 없는 것들」입니다.

저 꽃들은 회음부로 앉아서
스치는 잿빛 새의 그림자에도
어두워진다

살아가는 징역의 슬픔으로
가득한 것들

나는 꽃나무 앞으로 조용히 걸어 나간다
소금밭을 종종걸음치는 갈매기 발이
이렇게 따가울 것이다

아, 입이 없는 것들

　　　　　　　　　— 이성복, 「아, 입이 없는 것들」에서

　비교적 짧은 시인데, 시가 좀 어렵지요? 꽃들이 회음부
로 앉는다는 것은 도대체 꽃이 어찌 피었다는 뜻일까요? 우
리가 흔히 꽃과 함께 떠올리는 이미지는 아름답고 예쁘고 밝
고 환한 이미지인데, 여기서는 왜 꽃들은 스쳐 지나는 새 그
림자에도 어두워지는 것일까요? "살아가는 징역의 슬픔으로
가득한 것들"은 이 세상 만물을 이야기하는 것일까요? 꽃나

무 앞에서 "소금밭을 종종걸음치는" 따가운 갈매기 발을 상상하는 시인의 눈은 지금 무엇을 바라보고 있는 것일까요?

이 시가 오래 마음에 머무는 이유는, 바로 마지막 연 "아, 입이 없는 것들"을 불러오는 시인의 독특한 시선에 있습니다. 시인은 생명이 머무는 모든 자리에서 서로 아무런 상관이 없을 것 같은 사물들, 꽃과 새, 갈매기, 꽃나무, 그리고 그것을 바라보는 화자의 시선들을 조용히 아우르면서 입이 없는 것들, 즉 이 세상에 '입' 없이 존재하는 것들을 불러옵니다.

입은 무엇일까요? 입은 가장 진솔한 욕망의 통로이고, 또 무엇보다 우리 몸에서 말이 발화되는 곳이지요. 말은 무엇일까요? 나의 존재 방식을 이야기할 수 있는 소통의 가장 중요한 도구이지요. 그렇기 때문에 입은 자기의 존재 방식을 증명해 보이고, 또 때로는 말을 통하여 자기의 권세를 과시하는 통로가 됩니다. 입이 없으면 먹고 마실 수가 없고 입이 없으면 말을 할 수가 없으니까요. 그래서 입이 없는 것들로 향하는 시인의 시선은 우리가 흔히 보는 꽃나무, 새 등 자연물에 대하여 뭔가 다른 눈을 가지고 다른 방식의 소통을 지향하고 있는 듯합니다.

갈매기가 까닥까닥 걷는 걸음에서 소금밭을 '종종걸음치는' 갈매기 발의 따가움을 목도하는 시인의 섬세한 눈은 지금 무엇을 보고 있는 것일까요? 알 듯 모를 듯, 구절구절들을 여러 번 곱씹게 만드는 이 시를 통해 어쩌면 시인은 이 세상 모든 존재들, 사람, 사물, 자연의 미물들을 위해 가장 낮은 시선에서 기도를 바치고 있는 것은 아닐까요?

이 시를 읽기 전까지는 갈매기가 그저 한가한 새라는 생각만 했던 저로서는 갈매기의 종종걸음이, 그 발이 따가울 것이라는 생각은 한 번도 해보지 못했지요. 또 꽃나무가 꽃을 피워 올릴 때 어떤 힘으로 피는지, 그 꽃을 스쳐 지나는 새와 꽃나무와의 관계에 대해서도 단 한 번도 생각해 본 적이 없답니다.

시인의 눈은 우리가 보지 못하는 것을 본다고 하지요. 이 시에는 어떻게 하면 주식 투자를 잘할 수 있을지, 어떻게 하면 공부를 잘할 수 있을지, 현실의 삶의 직접적인 이해관계가 있다든가 이익을 가져다주는 정보라든가 하는 것은 아무것도 없지요.

하지만 이 시는 우리 주변의 보이지 않는 존재의 모습들에 눈을 뜨는 법을 새롭게 알게 해 줍니다. 눈 떠 가만히 살펴보면 살아 있는 모든 것들은 말을 하고 있지는 않지만 모두 저대로의 삶을 살고 있는 거라고, 저대로의 생의 아픔을 앓으면서 저대로의 관계 속에서 나름의 성장통을 앓으면서 그렇게 살아가고 있는 것이라고, 그렇게 시인은 비스듬히 말을 건넵니다.

우리가 생태 문제를 자주 이야기하지만 생태적인 사유를 말할 때 그것은 단순히 우리 주변의 환경을 보호하는 차원에서 머물지는 않는답니다. 생태적인 사유란 이처럼 사물과 존재에 대해 다른 눈을 뜨게 하는 것, 그 다른 눈을 통하여 생명의 존재 방식에 새롭게 귀 기울이는 것이라 할 수 있겠지요.

이 세상에 머물다 가는 모든 존재, 그중에서도 특히 더 작고 이름 없는 것들에 귀를 기울이는 것, 시인이 짓는 말의 사원은 이런 존재들, 낮은 목숨들을 향한 기도가 아닌가 합니다. 어떻게 하면 더 많이 말할 수 있을까, 어떻게 하면 더 많이 먹을 수 있을까, 어떻게 하면 힘을 과시할 수 있을까, 어떻게 하면 권력을 더 가질 수 있을까, 입이 만들어 내는 욕망으로 이 세상은 더 어지러운 무한경쟁의 소용돌이 속에서 질주하고 있지요.

조금이라도 더 배불리 먹고 한 뼘이라도 더 넓은 아파트를 갖기 위해 어딘가 모를 곳으로 모두가 무한 질주하는 오늘, 시인이 가만히 응시하는 시선을 따라서 "입이 없는 것들"을 한 번 불러 보아요. 더불어 자신의 욕심 주머니를 채우는 대신 다른 이들과 함께 더불어 사는 세상을 만들기 위해 애쓰면서 이 세상을 바보처럼 살다가 떠난 이들도 함께 불러보아요.

　그들의 삶 자체가 입이 없는 존재들의 입이 되어준, 그 아픔들을 보듬어 준 큰 사랑이었겠지요. 모든 입이 없는 존재들을 환기하는 시의 언어는, 꽃과 풀, 나무, 새들로부터 세상 가장 낮은 자리에 서 있는 이들, 다른 이들의 아픔을 기꺼이 대신 앓으며 살아온 이들을 향한 기도입니다. 잊지 말라고, 눈 뜨고 살라고, 시는 그렇게 우리에게 말을 겁니다.

시는
희망입니다

홀로 함께하는 시 놀이

혼자 지내는 시간이 길어질수록
우리는 다른 방식으로 더 나누고,
더 모여야 합니다.

엄마는 그리움이다

엄마는 꼬부랑 할머니다

엄마는 절망이다

엄마는 표출되지 않은 나의 기억 속에 살다 간
　여인이다

엄마는 아픈 가락의 노래다

엄마는 다시 살아낼 수 없는 고귀한 추억이다

엄마는 선물이다

엄마는 형용사다

엄마는 옛사람이지만 사랑하고 싶었던 한 여인이다

엄마는 이불이다

엄마는 배후다

엄마는 안전지대다

엄마는 선물이기도 아니기도 하다

엄마는 '하기 나름'이다

엄마는 핸폰이다
　　──2021년 11월 서울시 시민대학에서 함께 지은 시, 「엄마
　　　　이야기」에서

어려운 시절을 다들 어떻게 지내시나요. 여느 때 같으면 함께 모여서 얼굴 맞대고 이런저런 생각과 고민과 성장을 쭉쭉 나누는 기회가 많겠지만, 팬데믹의 나날 속에서 각자 자신만의 공간 속으로 들어가 침잠하는 시간이 길어졌습니다. 그래도 각자의 단절된 공간 너머로 숨을 쉬는 방식들을 더 익히고 나누면서 조금씩 자라고 있으리라 생각해요.

세계적인 전염병은 우리를 물리적으로 가두고 옥죄었지만, 가끔 그 공간의 제약을 극복하고 우리 각자의 갇힌 공간 너머로 날아갈 때가 있습니다. 바로 온라인 강의를 할 때인데요. 학생들과의 만남도 그렇고, 시민들을 대상으로 시 관련 강의를 가끔 진행하는 저는 팬데믹 시절 그 온라인 강의를 통해서 수많은 만남을 가졌습니다. 그 만남은 '비대면'이라는 방식의 기이한 접촉이지만, 영상 속에서 여느 때보다 더 세심하게 얼굴 표정을 읽고 마음을 나누곤 했습니다. 심지어 함께 시를 쓰기도 했는데요, 이번에 그 이야기를 들려드리고자 합니다.

여기 소개한 시는 어떤 유명한 시인이 쓴 게 아니랍니다. 한 사람이 쓴 것도 아니고, 평범한 시민들이 함께 머리 맞대고 쓴 것이지요. "무엇은 무엇이다"를 반복하는 이 형식은 미국의 시인에게서 빌려온 것이랍니다.

영미권에서 활동하는 동시대 시인들의 시를 읽다가 미국의 시인 찰스 번스틴(Charles Bernstein, 1950~)이 쓴 「전쟁 이야기(War Stories)」를 읽은 날이었어요. "전쟁은 절대로 미안하다고 말할 필요가 없다./ 전쟁은 도덕적 확신의 논리적 결과다……/ 전쟁은 악당들이 맨 처음 의지하는 수단이다" 등, 총 95행의 더블스페이스(이행간격)로 쓴 시인데, 여기에 착안하여 저는 시를 한번 지어보자고 화면 너머의 얼굴들에게 제안했지요.

시민대학은 대개 은퇴한 이후에 인문학에 관심 있는 분들이 신청하시곤 하는데, 가끔 대학생이나 대학 대신 다른 대안 학습 공간을 찾는 젊은이들도 참여하곤 합니다. 다 함께 시를 한번 지어보자는 제안에, 주제를 무엇으로 할까 이야기했는데, 어떤 분이 '가족'을 하자고 했고 또 어떤 분은 '엄마'를 하자고 하셨어요. 저는 내심 '겨울'은 무엇이다, '희망' 혹은 '코로나'는 무엇이다를 생각했는데, 제 생각보다 그 제안이 더 좋아 보여서 '엄마는 무엇이다'로 한 줄 시 쓰기를 각자 하고, 그걸 쉬는 시간에 채팅 창에 남기기로 한 거였지요.

그래서 한 사람의 한 줄 시 쓰기가 모여서 함께 쓴 하나의 시로 탄생한 겁니다. 시의 행은 모인 숫자만큼 길어질 수 있겠지요. 가령, 열 명이 함께 목소리를 엮으면 10행의 시가 되지만, 100명이 함께 목소리를 엮으면 100행의 시가 되겠지요. 가끔 반복되는 구절이 생길 수도 있지만 시에서 반복은 자주 쓰는 기술이기에 반복을 두려워할 필요는 없습니다. 각자는 다만 자기 마음속을 잠시 들여다보고 그걸 끄집어내면 되는 겁니다.

그런 다음 우리는 각자의 한 줄 쓰기에 대한 이야기를 나누었지요. 왜 엄마가 '절망'인지, 왜 엄마가 '하기 나름'인지, 왜 엄마가 형용사인지를요. 엄마가 하기 나름이라고 하신 분은, 잘하면 좋은 자식 되고 잘못하면 나쁜 자식 되고 엄마와 자녀의 관계가 정해진 것이 아니라 가변적인 것이고 그에 따라 엄마도 바뀐다는 이야기를 하셨네요.

엄마가 절망이라고 하신 분은 엄마에 대한 남다른 아픈 추억을 고백하며 엄마는 자신에게는 어찌할 수 없는 대상이라서 절망이라고 하셨고요. "엄마는 형용사다"를 쓴 사람은 엄마는 따뜻하고 눈물 나고 엄마는 강인한 분인데 지금 늙어 작아진 모습을 보면 옛 모습은 기억 너머에 있고, 이처럼 무한히 변화무쌍한 형용사로 묘사될 수 있는 대상이라서 그렇다고 했고요. 그 사람이 실은 저였답니다.

이 시 놀이를 통해서 생각한 게 하나, 각자 어떤 대상이

반 고흐, 「예술가의 어머니」(1888년)

요안 빅토르 크라머, 「예술가의 부모」(1905년)

나 주제에 대해서 정의를 내리는 과정에서 자신의 생각을 확인할 수 있고 또 그 과정에서 자기가 살아온 삶, 지금 하루하루의 무늬들과 마음 풍경들이 자연스럽게 드러난다는 것이었어요. 이런 공동의 시를 씀으로써 해방과 치유와 각성과 깨우침과 나눔의 순간을 한 번에 끌어낼 수 있겠다는 생각이 들었어요. 그건 공기가 통하지 않는 꽉 막힌 방에서 창문을 열어 시원한 바깥 공기를 들이는 일과 비슷할 것입니다.

내게는 이런 주제가 이렇게 생각되는데, 다른 사람에게는 이렇구나. 내게는 이 존재가 이런 의미인데 다른 사람에게는 이렇구나. 내게는 이게 전부인데, 다른 사람에게는 아무렇지도 않구나. 이런 과정에서 내 생각을 상대적으로 바라볼 수 있고, 타인의 느낌과 사유를 또 내 생각과 느낌 속에서 함께 엮으며 바라볼 수 있고요. 그렇게 서로 다른 이들의 한 줄 말로 짜인 시의 무늬는, 이를테면 다양한 색실이 어우러진 태피스트리가 되겠지요.

이 놀이는 가족 안에서도 가능합니다. 아침 식사 중에, 어느 무료한 저녁 시간에, 쉬운 대상을 놓고서도 서로 다른 정의 내리기를 해보는 것이지요. 그 주제는 친구, 밥, 대학, 공부, 직업, 핸드폰, 부동산, 입시 등 무한히 확장될 수 있겠지요. 그 과정에서 우리는 서로 잘 몰랐던 속마음을 더 깊이

들여다보고, 서로를 더 잘 이해하게 되겠고요. 단 하나 전제 조건, 각자 한 줄씩 솔직하게 끄집어내기만 한다면요.

온라인 환경에서 처음 만나는 이들이 한 줄로 자기 마음을 꺼내는 시간, "이런 건 처음 해봐요."라고 하신 분도 계셨는데 참 행복했답니다. 물리적인 접촉이 제한되는 기이한 유행병의 시절이지만 조금씩 우리는 일상으로 돌아가는 훈련을 하고 있었으니까요. 혼자 지내는 시간이 길어질수록 우리는 다른 방식으로 더 나누고, 더 모여야 합니다.

얼굴을 직접 마주하는 물리적인 접촉도 소중하지만 그게 안 될 때 이처럼 다른 방식으로 접속하면서 새로운 관계를 만드는 일. 공간의 의미라든가 만남의 의미를 확장해야 하는 우리입니다.

시라는 것이, 시적 재능을 타고난 한 개인의 고립된 언어가 아니라 여럿이 어우러져 시끌벅적 서로의 생각을 교환하는 놀이가 될 수 있음을 알게 한 시간. 그 기쁨을 여러분에게 들려드립니다. 자, 한 줄씩 써볼까요? 여러분 각자에게 '시'는 무엇인가요? 제게 시는 희망입니다. 시는 지금 이 순간을 경이롭게 만드는 선물입니다.

인용문 출처

1부 │ 그래도

Kent M. Keith, Anyway: The Paradoxical Commandments: Finding Personal Meaning in a Crazy World, G. P. Putnam's Sons, 2002.

김승희, 『희망이 외롭다』(문학동네, 2012).

김경미, 『쉬잇, 나의 세컨드는』(문학동네, 2006).

Yevgeny Yevtushenko, Selected Poems: Yevtushenko, trans. Robin Milner-Gulland & Peter Levi, Penguin, 1962.

정진규, 『별들의 바탕은 어둠이 마땅하다』(문학세계사, 1990).

이생진, 『산에 오는 이유』(대제각, 1984)

박재삼, 『해와 달의 궤적』(신원문화사, 1990)

Walt Whitman, "Preface to Leaves of Grass," Leaves of Grass, Penguin Books, 1959.

2부 │ 아직도

Nazim Hikmet, "A True Travel," Poems of Nazim Hikmet, trans. Randy Blasing, Konuk Blasing & Mutlu Konuk, Persea, 2002.

나희덕, 「평화의 걸음걸이」(행사에서 낭송한 시이며 미출간됨)

송재학, 『날짜들』(서정시학, 2013)

Dylan Thomas, "The Hand That Signed the Paper," The Collected Poems of Dylan Thomas, Weidenfeld & Nicholson, 2022.

김주대, 「반박성명 발표한 대법관 13인에」 SNS 시인의 담벼락에서 만난 시.

마종기, 『안 보이는 사랑의 나라』(문학과 지성사, 1980).

Bertolt Brecht, "I, the Survivor," The Collected Poems of Bertolt Brecht, trans. David Constantine & Tom Kuhn, Liverright, 2018.

3부 │ 오히려

Thomas Merton, Silence, Joy, New Directions, 2018.

William Wordsworth, "Ode: Intimations of Immortality from Recollections of Early Childhood," Wordsworth's Poetry and Prose, W. W. Norton & Company, 2013.

한하운, 『한하운 전집』(문학과지성사, 2013).

윤동주, 『하늘과 바람과 별과 시』(더스토리, 2023).

Emily Dickinson, "I'm Nobody, Who Are You?" The Com-

plete Poems of Emily Dickinson, ed. Thomas H. John-
son, faber and faber, 1970

T. S. Eliot, "Ash Wednesday," Complete Poems and Plays,
Faber & Faber, 2004.

정호승, 『사랑하다가 죽어버려라』(창비, 1997).

T. S. Eliot, "The Waste Land," Complete Poems and Plays,
Faber & Faber, 2004.

정호승, 『여행』(창비, 2013).

박노해, 『사람만이 희망이다』(느린 걸음, 2015, 개정판).

4부 │ 비로소

Wendell Berry, "A Purification," New Collected Poems,
Counterpoint, 2014.

William Carlos Williams, "A Sort of a Song," Selected
Poems, A New Directions Book, 1985.

Bob Dylan, "Like a Rolling Stone," The Lyrics: 1961-2012,
Simon & Schuster, 2014.

Carl Sandburg, "Happiness," The Complete Poems of Carl
Sandburg, Houghton Mifflin Harcourt, 2003.

에필로그

언젠가 유난히 마음이 힘들어 신부님께 기도를 부탁드린 적
이 있어요. (가톨릭 주교회의에서 발행하는)《경향잡지》지면을
통해 시와 더불어 걷는 길을 숙제처럼, 축제처럼 가벼이 열
어주신 분이신데요. 저를 위해 기도해 달라는 말을 잘 하지
않는 제가 그 말씀 드리니 신부님께서, 요즘 많이 힘든가 보
다고, 그러면 한 달에 한 번 쓰는 글을 두 주에 한 번, 그래도
힘들면 매주 써보라고 하시네요. 그 말씀에 그만 웃고 말았
지요. 그런가요? 제게는 쓰는 일이 기도이고 치유인가요? 반
문했지만 마음은 이미 좀 가벼워져 있었지요.

　　제게 시는 그런 움직임입니다. 힘이 들 때, 막막할 때,
답을 알 수 없을 때, 시집을 펼치면 거기 놀랍게도 제 눈을
열어주는 시가 얌전히 누워 있다가 팔랑팔랑 날아 제게로

옵니다. 어떤 때는 화살로 꽂힙니다. 거기 제 마음을 포개어 글을 써서 나눕니다. 그러면 저는 강물처럼 평평해져 하루를 흐르고 그렇게 하루이틀 어려운 시간은 스르르 지납니다. 그래서 시를 읽고 시를 말하는 시간은 매일 새롭게 시작하는 경이로운 순간들입니다. 단수인 한 순간이 아니고 복수인 여러 순간들인 이유입니다.

이 책을 읽는 분들도 제가 시에서 받는 능동적인 움직임을 함께 느끼면 좋겠습니다. 진창에서 날아오르는 탄성을 함께 하면 좋겠습니다. 잔정이 많아 발 딛고 선 땅이 언제 갈라질지 하늘에서 뭐가 떨어질지 모르겠다는 걱정을 이고 살던 저는 시를 읽으며 많이 담대해졌습니다. 시의 뜻을 촘촘히 헤아리는 시간은 기다림의 시간입니다. 덜렁대는 이는 참을성이 많아질 것이고, 급한 이는 느긋해 질 것이고, 이불 밖을 나가기 싫은 우울한 이는 바깥 창문을 열지도 모르겠습니다.

어제 아침 전화를 드리니 엄마는 어떤 일로 마음이 힘들어 칼럼에 등장한 시를 노트에 옮겨 적고 계신다고 해요. 시의 기적은 엄마에게도 구체적인 일상으로 구현됩니다. 글을 쓰고 독자들을 만나는 일도 시가 가져다주는 기적입니다. 골똘히 시를 생각하는 시간은 마냥 평화롭지는 않습니다. 시작도 끝도 이 세계의 불합리와 불화이며 재난이며 불운이며 분노이며 슬픔이며 죽음과 함께 하니까요. 그 속에 주름처럼 앉은 존재들의 눈물을 생각합니다. 시의 기도는 그 눈물과 함께 합니다. 읽고 쓰고 같이 또 읽고 같이 쓰면서 우리는 함께 이 세계의 버려진 작은 조각들을 깁고 잇는 중입니다. 고맙습니다.

2023년 7월 비 내리는 아침에
정은귀

다시　시작하는　경이로운　순간들

1판 1쇄 찍음　2023년 7월 10일
1판 1쇄 펴냄　2023년 7월 15일

지은이　　　정은귀
발행인　　　박근섭·박상준
펴낸곳　　　(주)민음사

출판등록　　1966. 5. 19. 제16-490호
주소　　　　(우편번호 06027) 서울특별시 강남구
　　　　　　도산대로1길 62(신사동) 강남출판문화센터 5층
대표전화　　02-515-2000
팩시밀리　　02-515-2007
홈페이지　　www.minumsa.com

ⓒ 정은귀, 2023. Printed in Seoul, Korea

ISBN　　　978-89-374-7701-0 04800 (세트)
　　　　　　978-89-374-7702-7 04800